U0502461

王晋康少儿科幻

寻找中国龙

王晋康　著

科学普及出版社

·北　京·

图书在版编目（CIP）数据

寻找中国龙 / 王晋康著；颜实主编 . —北京：科
学普及出版社，2018.1（2023.6 重印）
（王晋康少儿科幻系列）
ISBN 978-7-110-09705-2

Ⅰ.①寻⋯　Ⅱ.①王⋯　②颜⋯　Ⅲ.①科学幻想小说
—中国—当代　Ⅳ.① I247.5

中国版本图书馆 CIP 数据核字（2017）第 301160 号

策划编辑	王卫英　杨虚杰
责任编辑	王卫英　符晓静
装帧设计	中文天地
责任校对	焦　宁
责任印制	徐　飞

出　　版	科学普及出版社
发　　行	中国科学技术出版社有限公司发行部
地　　址	北京市海淀区中关村南大街16号
邮　　编	100081
发行电话	010-62173865
传　　真	010-62173081
网　　址	http://www.cspbooks.com.cn

开　　本	880mm × 1230mm　1/32
字　　数	120千字
印　　张	6.875
版　　次	2018年1月第1版
印　　次	2023年6月第5次印刷
印　　刷	北京盛通印刷股份有限公司
书　　号	ISBN 978-7-110-09705-2 / I·518
定　　价	28.00元

目 录

楔子 / 1

第 1 章　传说复活 / 23

第 2 章　神龙现世 / 50

第 3 章　龙穴追踪 / 66

第 4 章　牙牙学语 / 97

第 5 章　善焉恶焉 / 124

第 6 章　恶龙 / 137

第 7 章　外国大鼻子 / 172

楔子

其实早在台商黄先生约见他之前，库区派出所所长郭洪就对那家住户有所怀疑了。这个派出所负责丹江水库在渠首段的治安。丹江是汉水的支流，是国内未被污染过的少数大河之一。一线白水从商洛山中蜿蜒而来，在湖北丹江口市被一条大坝拦截，形成一个烟波浩渺的人工湖，库容雄居亚洲第一。后来为了向北京送水，大坝加高到176米，水面扩大到1500平方公里，使这儿的风光更加绮丽。万顷碧水，微波不起，嵌着湖边疏淡的山影。为了保证水质的清洁，对湖中的航运有严格的限制，船只不多，偶尔有一艘漂亮的游轮从湖面上驶过，更多的时候，湖面上显得空旷寂寥。

丹江湖是嵌在万山丛中的一块神镜。俗话说，山不在高，有仙则名；水不在深，有龙则灵。何况这儿位居中国地理位置的中心，气候适宜，周围没有过度开发，保持着天然的神韵，确实是一片洞天福地。大坝加高后，马上有独具慧眼的房地产开发商相中了这片福地，着手建造高档的别墅，一片片红白色的小洋楼如雨后的蘑菇，很快散布在湖边和半山坡上。不过这个过程马上被中断了，原因是尽量保持水库的自然风貌。只有那些起得最早的鸟儿吃到了虫子，大约有100多家富豪有幸在这儿购置了房产。

库区派出所就是这时成立的，特地从南阳选调精兵强将，郭洪就是这时调过来的。虽然这儿的高档住宅区后来未能成气候，但郭洪从没放松过警觉。别看这儿只有100多名短期的外来住户，但个个都是达官富商、社会名流，无论哪一个出了点意外，都会在国内外几十家报纸的头版看到有关报道。郭洪可不敢拿自己的职责开玩笑。不过，总的说来，他调来的5年中这里相当平静。这一带民风淳朴，外来户又多是短时休假，来去匆匆，即使有少数居住时间较长的住户，也都采取相对封闭的生活方式，与周围的山民来往不多。

郭洪今年29岁，从公安大学毕业没几年，还没成家。有时回到南阳或郑州和同学们聚会，大家都说他窝在这个小地方耽误了前程，不过郭洪倒是相当达观。他说，这里锦山秀水，远离尘嚣，有钱人在商场搏斗了一生，晚年才能到这儿享享清福，我年纪轻轻的就能达到他们的境界，人生如此，夫复何求？同学们倒让他说动了，说早晚要割断尘缘，约齐了来这儿隐居。

这都是闲话，且不去说它。在黄姓台商约见他之前，他有所怀疑的住家是一幢单独的别墅，由一位姓鲜的留美博士购置。和其他房主不同，这个房主相当年轻，只有32岁，回国5年就创下亿万家产。想想这些人赚钱如此容易，郭洪有时也难免心中不平，不过他总是很快就把这个念头抛开了。那所别墅他没有进去过，只知道院子很大，红白相间的院墙，院内种了很多南方的名木，不过都还没有长大，深绿色的树梢刚刚超过院墙。院内是一幢二层小楼，从墙外能看到小楼极为宽大的凉台，朝南的窗户是全景式的，占了整整一面墙壁。听说院内还有一个花岗石砌的游泳池，池水来自半山中的一道山泉，山泉灌满游泳池后再向下漫溢，所以池里永远是一汪活水。

鲜先生很少到这儿来，只有一位同样姓鲜的老头在这儿看门——大概是他的族人吧。老头是个非常本分的人，说一口很难懂的福建话，老乡们都听不懂，所以他与外人接触不多。老头平时深居简出，除了出门采买，就窝在家中收拾花草。郭洪上大学时同宿舍有一个福建同学，所以福建话还能听懂几句。他与老鲜头攀谈过几次，那个难得有谈伴的老头简直拿他当亲人了，只要他不说走，老鲜头可以一直和他聊到闰八月。

听鲜老头说，房子主人只来这儿住过一次："商场如战场，生意人辛苦噢！"所以这间偌大的别墅只有老鲜头一个人常住。不过，一年半之前搬来三个人，其中一对是夫妻，男的叫陈蛟，是一个戴眼镜的小胖子，30出头；女的叫何曼，是一个漂亮姑娘，年纪跟男的差不多。两人都是有学问的人，暂住证上填的是留美博士。第三个人40多岁，姓顾，看来是他们的雇员。老鲜头曾对郭洪说，他们是房主的朋友，来这儿暂住，房主不让他们交房租。不过他们这次"暂住"的时间倒是蛮长的，也相当兴师动众。他们搬来后，经常有一辆小货车往这里运东西，一般是夜里运，神神秘秘的。见过的老乡说，车上都是笼子，装着一些小动物，夜里看不清是什么。这之后，那个姓顾的中年人常常向老乡们采购青草、野物和肉类，自然是饲养动物用的。看来老乡们所言属实。

还有一点比较奇怪，他们并不光往这儿运动物，隔一段时间，他们还会把那些动物运走，再把新的运来。郭洪耳朵中灌了一些街谈巷议后，心中也有些疑惑：这对夫妇不会是野生动物贩子吧。不过，他认为可能性不大，因为这里是浅山区，本地没有多少野物，一个动物贩子干嘛选这儿落脚呢？中转站？似乎也不必选这么豪华的别墅。说个笑话，一旦行藏败露，让政府把窝赃的房屋没收，他们可要赔血本啦。

陈蛟、何曼夫妻也不像是作奸犯科的人，他们来办暂住证时和郭洪打过交道，后来在山口还遇见过几次。两人温文尔雅，谈吐不俗，目光清澈，看他们心地坦诚的样子，怀疑他们简直是于心不忍。

不过，这事总有那么一点不正常。他一直想找老鲜头了解一下，可最近一直没有见到他。所里的女民警小李子也听到些反映，这两天老在郭洪耳边叽咕。郭洪说：别叽咕了，明天咱们去拜访他们，来个现场调查，行不？

别墅装着两扇漂亮的铁艺大门，装有可视听监视系统。按了门铃，立即传来老鲜头高兴的声音："是郭所长啊，欢迎欢迎！我这就下去开门。"郭洪说："老鲜头你好，我想拜访陈蛟夫妇，麻烦你通报一声。"听见踢踢踏踏的声音从住室里出来，老鲜头开了门，把两人领到客厅。客厅的屋顶是透明顶棚，阳光明亮，屋里摆满了浓绿的热带植物，侧面是一只异形玻璃钢茶几，茶几腿深陷在毛茸茸的地毯里。老鲜头殷勤地沏上热茶，郭洪和他闲聊几句，说好长时间没见他了。老鲜头解释，陈蛟夫妇借住这里后，一切花销由他们负责，采买也由他们干，出门的机会就少了。这时，男女主人已经走进客厅，老远就嚷着欢迎欢迎。他们显然是刚干过力气活，额头汗津津的，都是一身短打扮：西式短裤，背心。不过短衣短裤穿在两人身上所起的效果不同，陈蛟显得更加矮胖，而何曼却显得格外曲线玲珑。小李子显然对女主人很有好感，两人很快就挽起胳膊坐到一块儿了。男主人紧紧握着郭洪的手说：

"欢迎欢迎，我们的父母官，按说我们该去拜访你们的，一直穷忙，是我们失礼了。"

郭洪趁机直入主题："是啊，我看你们搬来后一直很忙，车辆进进出出，在忙什么生意？"

陈蛟笑道："哪有什么生意，都是一些小动物，我太太最喜欢小宠物了。"

郭洪看看小李，小李乖巧地接上话头："小动物？我最喜欢小动物了，能不能让我参观参观？"

那对夫妇互相看了一眼，爽快地答应了。他们领客人到后院，这儿新建了一排石屋，比较简陋，与主建筑的豪华形成鲜明的对照。石屋分成一间一间的，住的都是动物，倒没有钢筋护网之类的东西，院门敞开着，住户都是些可爱的幼兽，有小羊羔、小鹿、一只小金雕，甚至还有一只虎头虎脑的小虎崽！看见主人来了，小家伙们迫不及待地奔过来，偎在主人的脚下，只有那只小金雕仍停在屋角的枯枝上，用冷淡的黄眼珠盯着客人，一副不屑一顾的样子。小李子最喜欢那头小虎崽，俯下身想去抚摸，但她显然低估了山大王的威

风。别看这个小家伙不比猫大多少，竟然也龇牙咧嘴，喉咙里发出低沉的咆哮，小李子吓得赶快缩回手。何曼安慰她：别怕，它和你不熟，实际上它非常乖的。说着俯下身把虎崽抱到怀里，虎崽张牙舞爪地咬何曼的手指，小李子不由把心提到半空——毕竟是一只老虎啊，它的一口白森森的钢牙让人畏惧。但虎崽只是在与主人嬉闹，并不真的用力咬。

再往前是那个花岗岩游泳池，现在已经变成养鱼池了，鱼的品种很杂，有金鱼、鲤鱼，还有四五种鳞甲非常漂亮的热带鱼，郭洪和小李都叫不上名字。"真可爱，这些小家伙们真可爱。"郭洪说，"听老乡们说还有一只熊崽呢，在哪儿？"

"不在了，已经还掉了。"

"还掉？还给谁？"

陈蛟笑了："还给动物园哪。你以为这些小动物都是我们买的？我可没有这么多钱来满足太太的癖好。这些都是动物园的，生下后委托我们喂养两三个月，再送还他们。"

"这是你们的职业？"

陈蛟含糊地说："算是职业，也算是爱好吧。"

郭洪似不在意地问："都是哪些动物园？"

陈蛟还没答话，何曼快言快语地说："所长是不是有所怀疑啊，怀疑我们倒卖野生动物？"

"哪里哪里……"

何曼格格地笑着："别掩饰了，知道你们无事不登三宝殿。"

郭洪索性把话说开了："很抱歉，我们是听到一些反映，只好来核实一下。莫见怪，我们干的就是这个工作。"

"没关系，没关系。这样吧，一会儿我给你一个名单，我们打交道的动物园都在上边，有电话号码，你们可以去查问。"

郭洪的确有点不好意思，但他并没有拒绝："谢谢。不好意思啊，我们是职责所系。"

了解到这份上，他们的怀疑基本消除了。很明显，这些小动物都不像是野生的，它们与人很亲近，肯定是动物园里长大的乖宝宝。再说，这对年轻夫妻看起来……虽说不能以相貌和神情来判断罪犯，但第一面的直觉印象常常很准的。

一行四人向小楼返回时，郭洪指着小楼说："真漂亮，内部肯定更漂亮吧。"陈蛟何曼笑着，不接他们的话头。郭洪向小李使个眼色，小李挽起何曼的胳膊说："何姐，领我们参观参观吧？"

没想到何曼一口拒绝了："啊，对不起，我们也是借住，不好擅自做主。等真正的主人回来再说吧。"

他们在客厅又坐了一会儿，临走时何曼真的给了一张各个动物园负责人的联系电话表。他们在大门口告别，郭洪邀老鲜头得空儿去派出所玩，便和小李子离开了。路上，他们觉得这次家访并没彻底解决问题。虽说怀疑基本消除，但仍有说不通的地方：他们不让客人参观房屋，那里有什么秘密吗？他们年纪轻轻的在这儿一住两年，没有正当工作吗？为了"太太的癖好"，值得如此大动干戈？

回到派出所，他们立即和各个动物园进行联系。没错，南阳、郑州和北京动物园都承认有这么一个协议，生下的幼兽（幼禽）交陈蛟何曼夫妇喂养一段时间，两个月到五个月不等，然后再归还给动物园。在这中间，如有死亡由陈氏夫妇赔偿；如无意外，动物园不要租借费也不给饲养费。有位负责人透露了一句，说他们之所以这么做，是上面有人打了招呼，让支持陈氏夫妇的研究工作。至于是什么研究，没有说明。

郭洪不死心，又查出房主鲜先生的电话号码，打了过去。那边是一个甜美的女声："这里是天极公司。请问您有什么事情？"郭洪说，我是丹江库区派出所的所长，有件事想找鲜总了解一下，打扰了。那边让稍等，片刻后话筒里响起一个年轻男人的声音：

"你好，郭所长。不，不，谈不上打扰，丹江湖是我的半个家乡，你是我的半个父母官哩。请问有什么事需要我效劳？"

听了郭洪的询问，他说，他的别墅确实是借给这位姓陈的好友了，他们是在美国读博士时结识的。听陈蛟说要进行一项短期的生物学研究，具体内容不详。"不知道这位老兄把我的新房子糟蹋成什么样子了呢，老实说我已经后悔借了！"

听筒中是一阵大笑。"怎么，那儿出什么事了吗？"

郭洪半开玩笑半认真地说："他们在那儿养了许多动物，运进运出的，我以为他们两个是野生动物贩子呢。"

对方笑了："陈蛟贩卖野生动物？这真成笑话了，那对夫妻什么都会干，就是不会做生意。放心，他们绝不会是动物贩子。没别的事了吧，再见。"

打了这个电话，郭洪对陈氏夫妇的怀疑算是全消除了。

一个月后，郭洪接到那位黄姓台商的电话。那是晚上九点半，老台商打通了他宿舍的电话。话筒中都能听出通话人十分不好意思："对不起，打扰了打扰了，我明天就要离开这里，忽然心血来潮，想见郭所长谈一件小事。值班民警告诉了贵府的电话，冒昧得很，希望没让你为难。"

郭洪说没关系没关系，为住户服务，是派出所应尽的义务嘛。台商说要过来见他，郭洪说你不要跑了，我知道你的住址，我去吧。10分钟后，他骑摩托来到台商的别墅，那儿与鲜先生的别墅很近。老台商在门口迎接，连声说打扰。客厅里已经煮了咖啡，茶几上摆满水果，年轻的女主人介绍说，这些是台湾的特产，有莲雾、柳橙、凤梨等，请郭先生享用。郭洪吃着水果，和两人寒暄一会儿，等着主人开始主题。过了一会儿，黄先生很突然地拿出一副眼镜递给他说："这是

11

E-2025 双眼红外线星光夜视仪，解析度 2000 倍，可视距离 1600 英尺，红外线可视距离 200 英尺。郭先生是否用过？"

郭洪说，在公安大学时用过，但库区派出所没有配备。他心里纳闷，不知道黄先生要干什么："请问……"

黄先生难为情地说："这是我的小癖好，喜欢夜里戴上它到野外观察动物，晚上我常和内人到湖边——你不要把我当成窥人隐私的小人啦！"

他妻子抿嘴一笑。郭洪笑着说："不会的，不会的……"

黄先生迫不及待地打断他的话："郭先生，你知道我们发现了什么？龙！一条中国的龙！"

他非常激动，双眼圆瞪，身体微微颤抖。郭洪微微一笑，没把老人的话当真——在 21 世纪还相信这个，未免太弱智啦。老台商马上说："我知道郭先生不会贸然相信我的话，所以先把这副夜视仪拿出来。请你试戴一下，请你试试。"

郭洪拗不过老人，把夜视仪戴上，又随老人来到院里。在夜视仪里，黑暗的院落和远处的树木清晰可辨，呈现鲜明的绿色。老人说，这种夜视仪的性能很好，所以，"我和妻子绝不是看错了"。他妻子也点头认可。

"那么，请你详细谈谈经过吧。"

黄先生说，10 天前，那天阴云很重，没有月光，他和妻子戴着夜视仪去湖边游玩。刚到湖边就听到很大的泼水声，妻子担心是大野物，小声劝他躲开。正在这时，那个野物上岸了，夜视仪中看得很清楚，竟然是条龙！头上是枝枝桠桠的龙角，满口亮晶晶的龙牙，身上的龙鳞闪闪发光。它正在地上蛇行，四只龙爪拖在身后。"我当时惊呆了，不敢相信自己的眼睛。我知道龙只是中国人的传说，自然界中从来没有龙这种动物，但眼前的龙却又真真切切。夜视仪的可视距离是 600 米，而那条龙距我们不到 200 米，所以看得很清楚。我把眼镜给内人，内人比我更吃惊，失口喊：'龙！'那条龙听见了这边的动静，转眼间就失去了踪影。"

他叙述时，妻子一直轻轻点头，表示丈夫的叙述是真实的。郭洪当然不相信世界上有什么龙，除非是恐龙，但恐龙头上不会有龙角——再说恐龙也只存在于科幻电影里。看这对夫妻的表情，他们不会是有意说谎，所以这里肯定有什么差误。

黄先生说，他们对这次目睹非常感兴趣，此后几晚，他们每天都去那一带守候，昨晚又见到一次！仍是那片湖区，龙上岸后朝山上去了，他们追了一会儿，也没追上。

奇怪的是，关于第二次目睹他说得很含糊，尤其是追踪的情形语焉不详，他和妻子的目光都有点躲躲闪闪。郭洪当时就看出这点反常，但没想到黄先生会对他隐瞒什么。黄先生特意把他请到家里，不就是为了把这件事告诉他嘛，怎么会隐瞒呢？一直到两个月后，当郭洪把确凿消息告诉黄先生时，黄先生才抱歉地说：对不起，那天他们没有说出全部实情，实际上他们在第二次目睹时，见到的可不是单独一条龙——龙的身边有一个女人！他和妻子追踪这一人一龙，一直追到鲜先生的别墅附近，那条龙突然消失了。他们当时没向郭洪说出这点发现，是因为实在不愿被别人当做"专爱窥视邻居隐私"的小人，在台湾，这样的事是非常遭忌的。郭洪不禁大摇其头，不理解这些台湾绅士的心理。当然，没有人会夸奖窥视邻居隐私的行为，但是……这可是一条龙！世界上从来没有发现过的龙！如果是郭洪发现它，而且发现它消失在邻居的院中，他绝不会把这条消息闷在肚里，而是不等天亮就到邻居家敲门啦。

那天黄先生还说：我明天就要离开这里了，但这件事不澄清，我一辈子不会心安的！我们华夏民族称为龙的传人，有关龙的传说在我们的心中有太多太多的积淀，简直可以说，龙不是神物，也不是动物，而是华夏民族的一份子！如果真的在丹江湖畔发现了龙的踪迹……当然我知道希望是很渺茫的，丹江水库是人工湖，历史并不悠久，传说中的龙怎么可能在这儿安家呢？不过，我真的希望这是真的——这可是我和内人亲眼目睹的。也许龙在远古确实存在过？华夏民族的先民曾和龙共同生活在神州大地，并把龙的英姿留在传说里……

年迈的黄先生说得十分动情，他年轻的妻子轻声提醒他：时间不早了，让郭警官回去休息吧。黄先生这才刹住话头，把夜视仪放到郭洪怀里：

　　"请收下吧，让它帮你揭开那个秘密。等有了确凿消息一定要尽早通知我，我会立即坐飞机赶来的。"

　　郭洪笑着接受了这个馈赠，答应黄先生，如果发现龙的踪迹，定会第一个通知他们。

　　民警小李子和大刘都对夜视仪很感兴趣，而对有关"龙的传说"则不以为然，说一定是黄先生人老眼花看错了，郭洪说：还有黄夫人呢？黄夫人才 30 多岁，眼睛可不花。话虽这样说，他同样不相信黄先生的话。不过，为了对老人负责，也为了过过戴夜视仪的瘾，他、小李子和大刘确实分班到湖边去守了几夜。什么都没发现，老乡那里也没听到什么风声。如果真有这么大一条龙，总该有几个老乡们撞见吧！慢慢地，他们把这事放到脑后了。

　　夏天来了，学生们马上就要放暑假了。这天晚上湖边很凉爽，没有月亮，只有一天繁星如豆。郭洪闲来无事，又戴上夜视仪去湖边了。其实就他内心而言，玩耍是主要的，对龙的探查只是附带的事，他已经不相信会有什么发现了。在夜视仪里，黑暗的湖面泛着绿光，偶尔一条鱼蹿出水面，溅出一团明亮的水花。远处的灯光在镜中呈明亮的绿点，当你转动头部时，绿点会拉长为一条浮动的绿线。一只刺猬，还有一条蛇，悄悄地爬过滨湖的小路。夜景很美，郭洪顺着湖岸信步走着。忽然——他听到哗哗的泼水声，神经马上绷紧了：也许那条龙真的出世了？定睛一看，哪里是什么龙唷，是一个穿泳衣的年轻女子，这会儿已经爬上岸，正在夜幕的掩护下脱掉游泳衣。郭洪一眼就认出那窈窕的身影是鲜先生别墅的住客——何曼。郭洪脸红了，忙扯下夜视仪，心想这一幕如果被何曼或别人瞅见，他可是跳进黄河也洗不清了——派出所的所长是个窥隐狂！但他没有马上离开，因为在一刹那的脑筋飞转中，他也悟到一些疑点：这么黑的天，何曼独自来湖里游泳？没容他想清楚，那边已亮起手电筒的光束，肯定是何曼穿戴整齐了，要回家了。这当儿湖中又响起一阵更大的水声，然后，一个长长的黑影从湖里爬上来，快活地抖掉身上的水珠，跟在电筒光的后边向这边走来。

郭洪立即轻手轻脚地避开，把刚才扯掉的夜视仪重新戴上。何曼袅袅婷婷地走过来，一头长发松开了，垂泻在身后，穿着T恤和短裙。在她身后，就是黄先生反复描述过的场景：一个长长的身影，枝枝桠桠的龙角，扁平的龙尾，闪闪发亮的龙鳞。郭洪真不敢相信自己的眼睛，瞪大眼睛仔细观看，没错，是龙！那条龙是蛇行的，四条鹰一样的龙爪拖在身后。

龙的形状和黄先生的描述完全一样，或者说，和华夏民族的传说中所描绘的完全一样。

就在这时，夜视仪的镜面慢慢黯淡下来，是那两节 1.5 伏的电池没电了。前边的电筒光闪亮着，看来她和它是走惯夜路的，在微弱的星光中走得很轻快。郭洪悄悄跟在后边，但不敢跟得太近，怕何曼听到他的脚步声。这样跟了一会儿，目标消失了。他想何曼肯定要回家吧，就径直来到鲜先生的别墅门口。别墅里静无人声，也许是何曼没有回来，也许是她回来后已经安顿完毕。郭洪在院墙外待了很久，才不甘心地离开。

这以后郭洪天天晚上去侦察，常常守到凌晨两三点钟。他没有对同事们透露他的发现，存心想抓一个爆炸性新闻。他的身体虽然很棒，也架不住这样折腾。10 天后，眼圈黑了，身体也瘦了一圈。小李子关心地问他哪儿不舒服，大刘笑着说：啥病，相思病呗，咱们的所长已经 29 岁了，你说他该不该着急？郭洪笑着由他们说，没有辩解。

这些天他把电池准备得很足，口袋里装了 10 节新电池，再不会出现那天的故障了。又扑了几次空，他决定放大侦察范围。这天晚上没月亮，依他的经验，越是无月之夜越可能有收获。在巡行到一个山顶时，果然在夜视仪中发现了一立一卧的身影。他急忙俯下身子悄悄接近。仍是何曼和那条

17

龙，但今天的气氛显然不同。那条龙正处于狂怒之中，低声吼叫着，声音雄浑，带着金属的尾音。虽然是在万分的紧张中，郭洪还在心中自我陶醉：郭洪，除了陈蛟夫妇外，你恐怕是古往今来世界上唯一听见"龙吟之声"的人吧。何曼显然是在尽力安抚那头凶龙，虽然龙张牙舞爪地不让她靠近，她仍低声安慰着，一点一点向龙靠近。这会儿连远处的郭洪都感受到了龙的怒意，不由为何曼捏一把汗。这个让人胆战心惊的场景持续了两分钟，何曼终于把龙惹火了，它低吼一声，向何曼扑来，轻易地把何曼压在身下，张开大嘴，露出森森白牙。震惊中的郭洪迅速抽出手枪，向那边瞄准，但心中不免迟疑：这可是世界上唯一的龙啊，恐怕一开枪就会铸成大错啦。他的动作惊动了那边，那条龙昂首向这边倾听着，连何曼也抬起脑袋向这边倾听。郭洪忙俯下身子，不慎踩断一根树枝，咔吧一声，那条龙受惊了，立即回头向山林窜去。郭洪发现龙并不是在地上蛇行，而是像猎豹一样，一纵一纵地奔跑，身躯矫捷，步伐轻盈，转眼间就消失了。

他担心何曼的安全，正要喊，那边已经问："是谁呀？"手电光一晃一晃地过来了。郭洪忙下意识地扯下夜视仪，何曼走过来，很有礼貌地把手电光打在地上，利用反光看清了郭洪："是郭所长啊，你们夜里还要巡查吗？"

郭洪说："啊是的，今晚有点情况。何曼女士，这么晚

了，你一个人……"

何曼嫣然一笑："我的一只小鹿丢失了，我来寻找。"

郭洪十分纳闷，这就是那个被凶龙扑在身下、差点丢了性命的何曼吗？她的姿态和声音多少显得不自然，但她至少维持了表面的镇静，这份掩饰功夫让郭洪暗暗佩服。他小心地问："我看到了那个身影，不大像鹿啊，我看见尾巴是扁的。"

"天黑，你肯定看错了。你手中拿的是什么东西？"

郭洪忽然满脸发烧——他想到前一次无意中窥见何曼裸体的场景。他满可以说：这是夜视仪，我用它看得非常清楚，刚才你是和一条恶狠狠的龙在一起，差点被龙咬死，你干嘛要对我说谎呢？但刹那间的慌乱让他丧失了这个机会，他支支吾吾地说：

"是夜视仪，不是派出所的警具，是台商黄先生赠我的。"

何曼显然心绪不佳，没看出他心中的鬼胎，也不愿多寒暄，道了一声再见，低着头走了。她走后郭洪才醒过神，不由骂自己：你慌个什么呀，倒像是干了什么亏心事似的！

他忽然抽着鼻子——在何曼身后留下浓重的异味，可不是女人的香水味，而是一种很怪的臭味，带点腻人的甜味儿。这就怪了，何曼有这么重的狐臭？那天在别墅里和她面对面谈了很久，没什么感觉呀。

何曼的手电光消失在夜色中，郭洪重新戴上夜视仪，在龙消失的那片密林中查看一番。有些树枝被折断了，地上的落叶也被搅乱，但没有留下龙的足迹。他回过头赶上何曼，一直跟到她的别墅。是老鲜头开的门，两人在门边轻声说了几句，何曼似乎在轻轻摇头，然后大门合拢，别墅又恢复了宁静。

第二天一早，郭洪就赶到这座公寓。他不想再和陈氏夫妇捉迷藏，要把这件事抖开了说，一定要弄清是不是有龙的存在，这条龙和何曼他们是什么关系。但何曼和陈蛟都不在这里了，老鲜头说陈蛟早几天已经离开了，何曼是今早5点和顾先生一块儿离开的，没说到哪儿去。所有的小动物也都在早些时候全部送走了。郭洪问老鲜头，是否见过一条类似龙的动物？老鲜头矢口否认。不过，凭郭洪的直觉，他认定老鲜头是在说谎。因为他在否认时目光中有只可意会的歉疚。也许是主人向他下过严格的禁令？郭洪叹口气，没有再为难他。

那条龙（他和黄氏夫妇亲眼看见的龙）也从此杳无踪影，就像是湖面上溅起的一朵转瞬即逝的水花。后来他忍不住，把两次相遇的情况对小李子和大刘说了，因为已经事过境迁，而且两人毕竟没有身临其境，所以他们都不大信。他俩也曾帮所长认真分析过种种可能，甚至怀疑那是逼真的电动玩具，最后的结论是：不可能是一条真龙，活龙。

　　郭洪不再辩解，但决不相信自己两次的目睹都是误认。他悄悄地锲而不舍地追查这件事。但很长时间也一直没有进展，那条曾在丹江湖出现过的龙在这儿彻底消失了，连一点痕迹都没留下，似乎它是从第四维世界里来的，真正是"神龙一现""神龙见首不见尾"。黄先生还打电话问过这件事，郭洪如实相告，并保证说自己绝不会放弃追查。黄先生叹息着说：真希望能早日听到一个肯定的消息啊。

　　这件事此后的突破并不是出现在现场探查中。有一天，他偶然在网上见到一个帖子，是一个叫"龙崽"的中学生贴上的，帖子里正是他关心的内容。他大喜过望，很快查出龙崽住在西南方向300公里外一个叫潜龙山的地方。郭洪请了事假（对龙的追查不能列入派出所的公务中）到那座山里去了。一个星期后他回来了，立即拨通台商黄先生的电话。那位老台商一听是郭所长，声音都变直了：

　　"郭所长吗？郭先生吗？是不是有了确切的消息？"

　　郭洪笑了："是有确切的消息，不过一言难尽。黄先生，我刚从潜龙山老龙背村返回，你干脆把电话打到那儿，让龙崽——是那个村里的一位中学生——把这事的根根梢梢全告诉你吧……"

第1章

传说复活

学校放暑假了，我离开龙口镇中学，赶到镇头的路口等长途汽车。我家老龙背村离这儿有50多里，只有20里路能通汽车，其余30多里是山间便道，如果步行需3个多小时。现在是下午四点半，再不来车就不赶趟了，我立在路口，焦急地望着班车来的方向。一辆东风五平柴（五吨平头柴油发动机汽车）从我面前开过，刹车灯忽然亮了，汽车缓缓靠在路边，司机打开车门，半伸出身子喊道：

"是龙崽不？快过来！"

我喜滋滋地跑过去，看看司机，不认识。司机鼻子里哼一声："不认得啦？小娃崽的记性还不如老家伙呢。我是你何叔，你爹的同乡兼战友，复员后我到你家去过一次，知道你在龙口镇上学。你家有一条狗叫花脸，对不？"

我想起来了，不好意思地挠着后脑勺。何叔说："你是要回家吧？快上车，我能捎你20里。"

我上了车，汽车顺着盘山公路开行。何叔问："你爹咋不来接你？"

"他说明天用小四轮往镇里送货，顺便来接我，我不想等。"

何叔担心地说："下了车还有30里山路呢，到家之前天就黑定了，摸黑赶山路太危险。"

我大大咧咧地说："没事。这段路我走过十几次了，闭着眼睛也能摸回去。"

"我知道你们那儿山深，野物多。"

"对，常有豹子出没。不要紧，豹子从不上公路的。"

何叔咕哝一句："不知天高地厚的小崽子，晕胆大，跟你爹一个样。"

老龙背村位于八百里云梦山的主峰潜龙山的半山坡上。那里山高林密，涧深水急，云团经常飘浮在村庄的下边，雾霭笼罩着深涧。老龙背村其实算不上一个村子，几十户人家散布在一条几十里长的山沟里，从沟头到沟尾，得爬一天的山路。这里交通极为不便，过去，村人出一趟山，简直是惊天动地的大事。后来，我爹复员当了村长，领着全村人苦干两年，修了一条盘山便道，路很窄，勉强能通个小四轮拖拉机，还不能错车，如果对面来了车，其中一辆只能退到宽敞处候着，所以在这条路上开车，司机得伸着脖子向远处看。即使如此，也是老龙背开天辟地以来的第一件大事了。我告诉何叔，我爹去年办了个竹编厂，规模很小，主要还是因为运输不便，小四轮一次只能拉一二十件竹编家具运往山外。我爹正在筹集资金，准备把路面拓宽，让大汽车能开到村头。

何叔使劲摇头："千万别开公路，别办工厂，那样会把风景糟蹋了。潜龙山是个世外桃源，风景美极了，特别是黑龙潭、龙吸水那一带，你爹带我去玩过，我去了一次就念念不忘。照我说，你们应该办旅游，让城里人和外国大鼻子去游玩，保证赚大钱。你们长年住在深山里的人是身在福中不知福啊，那些城里人一辈子住在水泥笼子里，你不知道他们多喜欢这野山野水！回去把我的意见告诉你爹。"

我笑着说："何叔很有现代头脑哩。"

何叔笑了，问我："你知道不？咱们现在走的这条盘山公路原来是要走你们村的，山里人迷信，听说要在老龙背修公路，就跑到镇里闹，说是把龙脉挖断就坏了那儿的风水，硬是逼得公路改了向。"

不是听何叔说，我还真不知道这档子事哩。我问："那是

25

我爹当村长之前的事吧？"

"对。不过，说不定山里人的迷信反倒歪打正着，为你们保留了一块风水宝地，一块旅游资源。"他认真地嘱咐着："记着把我的意见告诉你爹，这是正经事！"

我郑重地答应了。说话间到了进山的路口，何叔把车停在路边，看看天色，担心地说："已经5点了，你肯定得摸黑。要不先到我家？我家离这儿有40里，明天我找顺车把你捎过来。行不？"不管他怎么劝，我只是笑着摇头。何叔见劝不动我，就从工具箱里抽出一根铁棒，"带上它，万一碰见野物用它防身。"

我谢过何叔，带上铁棒，跳下车，整整书包，向山上爬去。

何叔说得真对，这儿的风景百看不厌。一条小路曲曲弯弯傍着山崖伸展，左边是一道深涧，一线白水在石缝中跳荡，时时形成一道瀑布和一个跌水坑。山坡上尽是千年古树，有花栗木、樟树、罗汉松、竹林，汇成一片蛮勇强悍的浓绿。向上看，雾霭从半山腰升起，在林木间悄悄游荡，山峰的上半部被遮在云雾中，时隐时现。太阳慢慢地沉入山后了，月亮已经爬上天空。今天月色很好，算算是阴历十二三吧。山峦林木浸泡在银光中，就像是电影中的仙景。不过山崖太陡，峭壁常常遮住月光，脚下的山路刚刚沐浴在银色中，转眼又没入阴影。深涧中更是难得被照到，涧水沉在黑暗中，只余下哗哗的声响。

我在山路上走了两个小时，没碰见一个人。夜色已经很重，山林一片寂静，只有草虫唧唧地唱着，时而有一只夜鸟被我惊动，咕哇咕哇地叫着，扑着翅膀飞起来，没入幽暗的林中。走到一个大慢坡前，我停下来，犹豫了一会儿。这儿离我家有十几里路，顺公路走还得一个多小时。不过，要是从林子里斜插过去，能省一半路。这条林中小路我倒是很熟的，不过——毕竟这会儿天已经黑了，这里还常有豹子出没。前两年我爹领人修路时，它们都被吓跑了。这两年它们似乎知道乡亲们要保护野生动物，又大模大样地回来，甚至白天也能见到它们的身影。

我犹豫了一会儿，心一横，向林中插过去。从小在山里长大，什么野物没见过？再说手里还有这件武器，就是碰上老虎也能招架几个回合。我给自己壮着胆，小心地辨认着小路的痕迹，急急地走着。一边攥紧铁棒，警惕地竖着耳朵。说不紧张是假的，后背的衣服很快被汗浸湿了，一半是因为走路，一半是紧张。

这儿全是两抱粗的巨树，林木藤萝越来越密，月光几乎见不到了。忽然，我觉得后背发凉，直觉中有一双眼睛在死死地盯着我。我停下来，向后面搜索，没有看到什么眼睛。但我分明感到一种……杀气。没错，是杀气，周围的空气变得异样，草虫的叫声全都停止了，静得瘆人。还有……我使劲嗅嗅鼻子，闻到一股异样的臭味。我跟爹掏过狼窝，知道食肉动物身上常有熏鼻子的骚臭味儿。不过今天的味道不像那种骚臭，比那更难闻，带点腻人的甜味，令人作呕。

我不觉毛骨悚然。莫不成今天真要和什么恶兽打一场遭遇战？我努力镇静自己，爹说过，碰上野物不要怕，不要转身就跑，要在气势上压倒它。我转过身，不慌不忙地继续走，同时绷紧全身的肌肉。

在我的感觉中，那双眼睛还在紧紧地盯着我，异臭味儿也一直在我身后追随，时而淡了，时而变得浓烈。在死一般的寂静中，我听到极轻微的声响。我走，声响跟着我走；我停，声响也停下来。我猛然转身，瞥见林木深处确实有一双绿荧荧的眼睛！

我顿时出一身冷汗，腿肚微微发抖。我盯着那两点绿光，它也一眨不眨地盯着我，目光残忍冷厉。它肯定知道我看见了它，所以用目光同我较量着。异臭味儿缓缓地飘过来，把我整个罩入其中。黑暗中看不清它的身形，不知道它是什么野兽。

僵持一会儿，我想，是祸躲不过，今天豁出去了！便转

过身照常前行，一边攥紧铁棒，斜睨着身后的两点绿光。绿光跟着我游动，伴着极轻微的沙沙声。这片山里没老虎，我估计它是头豹子，否则脚步声不会这么轻盈。

又走了20分钟。这20分钟对我来说真像一场梦魇。阴森森的绿光始终跟着我，不远也不近，就像是一个幽灵，异臭味儿一直在我前后飘荡。走着走着，周围的林木渐渐稀疏，离家越来越近，我的胆子也越来越大。瞅它的表现，这家伙肯定不敢贸然向人发起进攻，它也怕我呢。看来，它今天甭想拿我做美餐了。

转过山背就是我家。忽然我发现身后的压力消失了，就像它的出现一样突然。我转过身，看到一个身影向后一闪，没入黑暗中。只是短促的一瞥，没看清它的形状，隐约觉得它的脑袋很大，身体又细又长，似乎比非洲猎豹还要细长，动作异常轻捷。它消失了，异臭味儿也慢慢飘散，草虫们唧唧地欢唱起来。

我揩把冷汗，觉得攥铁棒的手心汗津津的。虽然紧张，我仍不禁暗自得意。不管怎么说，在今天的生死关头，我没有装熊，没有拉稀，算得上临危不惧吧！

猎狗花脸听到动静，早早吠叫起来。我跑过去，叱道："花脸，叫什么叫！是我回来了。"花脸立即停止吠叫，欢天喜地地唧唧着。我拨开院门，它立即扑过来，拽裤脚，舔手背，亲热得不知怎么才是个好。爹娘惊喜地迎出来，娘嚷着：

"不是说好明天去接你嘛，咋摸黑赶回来啦。手里拎的啥？"

我说："爹的战友何叔把我捎了 20 里，剩下这 30 里山路我步行赶回来，小意思！刚才我抄近路回来，还碰见一只老豹子呢，多亏何叔送我的这根铁棒壮胆。"

娘吃惊地问："你跟豹子干仗啦？"

"没有。它一直远远跟着我，到林边才停下。其实是不是豹子我也没看清，身架不小，一身臭味，肯定是头猛兽。"

娘很后怕，埋怨几句，赶紧去为我做饭。爹是个丘八脾气，凡事晕胆大，没把野物的事看在眼里，只随便问了几句。我说："对了，何叔让我一定转告你，不要在这儿修大公路，不要办工厂，要保持山里的自然风貌办旅游。他说这是正经事，让你一定在意。"虽然我说得很郑重，看来爸没把何叔的话放心上，只是说了句："谁来这么个深山窝里游玩？再说办旅游也得有钱哪。先不说这些，龙崽，看我为你买了啥礼物。"

我跟他到我的住房，屋里已经打扫过，床上是新床单新被子。桌子上放着……一台电脑！联想牌的，漂亮的流线型，太棒了！我忙插上电源，打开主机，检索出这台电脑的配置，是奔腾 4，内存 256 兆，硬盘 50G，50 速光驱，比学校的电脑强多了。中学里有电脑课，但学校条件差，只有 20 多台老掉牙的 586，学生们只能轮流上机，实在不过瘾。

爸还买了几本学电脑的书，在桌上放着。我顾不上和爹说话，赶紧打开电脑。屏幕迅速变换着，很快进入 windows 界面，速度比学校里的电脑快多了。我沉迷于电脑中，爹出去我也不知道。过一会儿，娘端来一大碗香喷喷的馄饨说："快吃吧，今天累了，吃了早点睡觉。黑蛋和英子盼着和你玩儿呢，已经打听过几次了。"我早饿极了，呼呼噜噜把饭扒完，又趴到电脑前。

我一直玩到凌晨 4 点钟才睡觉。

梦中听见有人大呼小叫："龙崽，龙崽，醒醒！"我睁开眼，见屋内已铺满阳光，黑蛋笑眯眯地立在床前。仍是大大咧咧的样子，短裤，短袖衬衫，敞着怀，露出一身黑肉，趿拉着拖鞋。身后是英子，立在门外。英子仍是文文静静的，穿着白衬衫，短裙，赤脚穿一双细襻带的凉鞋。黑蛋说："哼！回来也不找我们玩，当了大学生把老朋友都忘了。"我笑着说："哪有大学生？初二的中学生。昨晚睡得太晚，要不我早去找你们了。"

花脸自然认得这两名熟客，在他们腿下摇头摆尾，蹭来蹭去。黑蛋和英子都是我的光屁股伙伴，小学同学。特别是黑蛋，与我一向焦不离孟，孟不离焦，做作业，爬树，游泳，上山摘野果，都在一起。如果在学校里干了什么捣蛋事老师来告状，一般也是一去两家，绝不厚此薄彼。但他俩都没上初中，现在就在我爹办的竹编厂里干活。我很为他俩可惜，但没法可想，山里人穷啊，我们离 21 世纪高科技社会还远着呢。

娘听见我醒了，在院子里说：龙崽，饭在锅里热着。你爹今天到镇上去了，他说让你好好玩几天。我三下两下洗了脸，刷了牙，边吃饭边对两人说："喂，我爹给我买了台电脑，一会儿我教你们玩。"

两人很高兴。虽然电脑这个词已听得耳朵里长了茧子，但地处深山的他俩还从没亲眼见过呢，这台电脑是老龙背村的第一台。黑蛋喊着：在哪儿？在哪儿？跑到我屋里找去了，英子跟在他后边。等我吃完饭进屋，他俩正站在电脑前瞪大眼睛看着，连摸都不敢摸。我打开电脑，给他们演示了各种操作，打字，编辑，上网，发电子邮件。两人眼红得不行，啧啧称赞着，说电脑咋这么聪明呢，叫它干啥就干啥，就像有个人在机箱里蹲着。还夸我：不愧是大学生啦，电脑玩得这么熟。其实我就这么几招，现学现卖，已经卖完了。我教他们玩了一会儿游戏，像俄罗斯方块啦、爵士兔啦，两人笨手笨脚，常常一上手就死了。我安慰他们，别急，多来玩玩就好了，熟能生巧。暑假这些天，你们尽管来学。他们很高兴地应承了。

往下再教他们什么呢？我想了想，拉出电脑中的画笔功能，在电脑上画了一个大大的鸡蛋，涂上墨，注上一行字：我是黑蛋，但我不是坏蛋。

英子捂着嘴笑了，黑蛋乐得咧着嘴，说：电脑还能画画呀，来，让我也试一试。我又画了一个小姑娘，画得嘴歪眼斜的，注上"我是漂亮的英子"，英子低声抗议着：这是我？看你把我画得多漂亮！我又画了一条龙，水平太差，画得倒像是蚯蚓，注上"我是龙崽"。黑蛋像是蝎子蜇了一样叫起来：

"差点忘了一件大事，我和英子特意来告诉你的！"

英子也使劲点头："对，一件大事，重要消息。"

"什么大事呀？"

"真是大事，这么重要的大事咋会忘记说了呢，全让你的电脑把我们搅迷糊了。你知道不，潜龙山的神龙出世了！"

我不禁失笑："就这么件大事？"

黑蛋说："你先别撇嘴，先别说我是迷信，我知道你那德性。听我把话说完再下结论行不？"

英子也说："龙崽，这可是真事呀。"

我笑着说："好，那你们就详详细细告诉我吧。"

黑蛋清清喉咙："这事说起来话长，你当然知道黑龙潭的传说……"

我知道潜龙山和黑龙潭的传说。家乡有个独特的现象，就是这里的地名和龙有关系的太多：潜龙山、黑龙潭、老龙背、龙磨腰、回龙沟、龙吸水……传说黄帝大战蚩尤时，曾请一条神通广大的应龙来助阵。应龙在天上嘎嘎怪叫，杀死了一个个铜头铁臂的蚩尤族人。黄帝战胜了，应龙却沾染了邪气，不能再上天，只好隐于云梦之泽。不过这是书上的传说，按我们这儿的说法，应龙的籍贯可不是什么云梦之泽，而是在我们潜龙山黑龙潭！黑龙潭在后山，一条长年不断的瀑布挂在潭上，恰似巨龙吸水；潭里的水黑绿黑绿，深不可测。至少，我们在黑龙潭潜水时从来没人能潜到底，因为潭水太凉，砭人骨髓。潭的周围全是合抱粗的大树，尤其是一株老银杏，传说那是神树，是黄帝亲手植的，已有6000岁了。当然这只是传说，但那棵银杏至少也有2000年的树龄，它的树干5个人伸开双臂都不能合抱。更奇的是，树皮长出好多垂挂，就像老妇人的乳房那样向下悬垂着，乡亲们常在上面绑上红布来祈福。大跃进那年到处砍树大炼钢铁，有人也看上这一带的古树，但乡亲们拧成一股劲反对，说这儿都是神树，砍掉就坏了这儿的风水。上边拿这些"老顽固们"

没辙，再加上这里确实太偏远，砍树的事才不了了之。黑龙潭边还有一座小庙，匾额上写的是"神龙庙"，庙里的塑像已经没有了，不知道是年久湮没还是"文化大革命"中被砸掉了。

关于家乡的"龙"，小学时我和黑蛋曾有过一次激烈的争论。黑蛋说，龙这种动物过去是有的，只是后来灭绝了。我说：龙只是神话，《新华字典》上写得清清楚楚，"龙是我国古代传说中的一种长形、有鳞、有角的动物。能走、能飞、能游泳"。所谓传说，就是这种东西实际是不存在的。黑蛋犟着脖子说，"传说"的意思就是"可能有，也可能没有"。这本字典编得太早，那时考古学家们还没挖出这么多恐龙化石。我说：你咋把"龙"和"恐龙"扯到一块儿了？恐龙是确实存在的一种动物，大约2亿年前到6000万年前在地球上称王称霸。但它们根本不是中国传说中的龙，"恐龙"的拉丁文原意是"恐怖的蜥蜴"，中国的生物学家们翻译时只是借用了"龙"的名称。其实，不光是龙，连凤凰、麒麟也都是中国传说中的动物，实际是不存在的。黑蛋说，既是传说，总该有根据呀，古代肯定有过这些动物。

我和他争得面红耳赤，最后到生物老师那儿判输赢。当然是我赢了，但黑蛋一直不服气，他是那种认准歪理不回头的人。也难怪，生活在我们这儿，空气中随时都洋溢着龙的气息。从懂话的年纪开始，龙就成了我们大伙儿的熟亲戚——不过从不露面而已。小时候在我的心目中，"世上有龙"也曾是天经地义的结论，只是在上学之后，学了一些科学知识，才慢慢否定了龙的存在。

为了说服他，我查了不少有关龙的知识。我知道龙的传说起源于新石器时代早期，在原始部落大融合时，各部落信奉的动物图腾自然而然的合为一体，这就产生了龙的概念。龙在中国传说中被奉为雷神、雨神和虹神。山西吉县柿子滩石崖上有1万年前的鱼尾鹿龙画，属于龙的雏形。辽宁阜新查海原始村落遗址（属"前红山文化"遗存）上有8000年前的龙形堆塑，位于这个原始村落遗址的中心广场内，由大小均等的红褐色石块堆塑而成。龙全长近20米，宽近2米，扬首张口，弯腰弓背。这条石龙是我国迄今为止发现的年代最早、形体最大的龙。河南濮阳西水城出土了6400年前的蚌塑龙纹，是用蚌壳堆成的。从这些龙的原始形态上，可以清楚地看到龙的起源和进化。

龙是怎么产生的？在古人心目中，世界是神秘混沌难以捉摸的。生产和生活不能不依赖雨水，雨水却常常向人们展示它的威力。再看这些与雨水相关的物象：云团滚滚翻卷，变化万方；雷电叱咤长空，霹雳千钧；虹霓垂首弓背，色相瑰奇；还有各种与水有关的动物，如鱼、鳄、蛇、蜥蜴等，长短参差、形状怪异——这一切是多么神秘雄奇，多么可怖可畏啊！

于是，古人猜想：一定有一个"神物"支配这一切。这个"神物"能大能小，善于变化，天上可飞，水中可藏，集合了种种动物特性，又和雨水有着特别密切的关系。所以，龙是中国古人对鱼、鳄、蛇等动物，和云、雷电、虹霓等自然天象模糊集合而产生的一种神物。经过 8000 年的演化，龙已经成了中国人的心灵归宿。

对于 21 世纪的年轻人，这些都该是常识了，我没想到，黑蛋到今天还在认着他的死理！

我说："黑蛋呀，你是没救了，都 21 世纪了，你还是这么一个迷信脑瓜。我真懒得再教育你了，朽木不可雕哇。"

黑蛋有点气急败坏了，红着脸说："你这根本不是科学态度。你调查没有？没有调查就没有发言权。好多人都亲眼见了！"

"亲眼见了？亲眼看见长着鳞，长着角的神龙？你亲眼看见没有？英子你呢？"

我咄咄逼人地追问。英子怯怯地说："我和黑蛋都没亲眼见过，但村里真有人亲眼见的呀，我爹就亲眼见过。"

"在哪儿？什么时候？是在云里还是在水里？"

"就在一个月前，在神龙庙的祭坛上。"英子肯定地说。

"什么样子？"

"和画里画的完全一样，长身子，身上有鳞，头上长有枝枝桠桠的角，大嘴，鹰爪。"

我有点弄不明白了。我知道黑蛋说话不可靠，但英子不是说话"日冒"的人。看她说得有鼻子有眼的，究竟是咋回事？我喊妈来问，妈走进来，肯定地说："英子说得不错，真有人亲眼见过，像回龙沟的陈老三、陈明全、咱村的德新爷，少说也有五六个人见过吧。如今神龙庙可热闹了，百里之外的人都来朝拜，每天香火不绝。只有你爹不信，为这事很恼火，一直嚷着这是造谣，迷信，但这回他这个村长说话不灵了，没人信他的。"娘犹豫地说，"龙崽，我正想和你商量这件事，我也想去神龙庙上一次香，你说这算不算迷信？"

黑蛋得意了："龙崽，我说的错不错？"他耐心地教育我，"你别认死理了，这不是迷信。恐龙化石发现之前谁知道有恐龙？没有。现在谁都知道有恐龙了吧！当然，现在还没发现龙的化石，但你敢说地下就没有？敢说世上就没有活龙？连神农架有没有野人，现在还没有完全确定呢。照我说，龙这种动物是有的，不过后来基本灭绝了，只剩下那么一两条生活在深山老林中，生活在潜龙山里。这就像是英国尼斯湖的怪兽和中国长白山天池怪兽一样。"

我使劲摇脑袋。我知道龙和恐龙绝不能混为一谈。龙是从来就不存在的，哪儿出土过龙的化石？这是一条最起码的科学事实，如果连这也怀疑，那我就枉上8年学了！但这会儿我是绝对少数，三比一。黑蛋认真地说：

"知道我们今天为啥找你？找你来商量大事的。神龙出世千真万确。如果我们能把它调查清楚——调查一点儿都不难，神龙庙的庙祝说，神龙每天夜里都要去享受祭祀和供品——再拍出几张照片，你想这该是多轰动的消息！从来没人见过中国龙，这回真龙现身了！没准儿外国大鼻子会拿100万元来买你的照片！咱们潜龙山会比尼斯湖更有名，成千上万的游客会来游玩，到时成了全世界的旅游热点。这前景多诱人呀。"

我想起搭便车时何叔关于办旅游业的意见，啧啧地说："真是士别三日刮目相看，黑蛋也有市场意识了，有战略眼光了。"

"那是那是，咱不能一辈子为你爹打工，受你爹剥削呀。拿破仑说过，不想当将军的士兵就不是好士兵。"

"既是这样，你和英子去干就行呗，找我干啥？"

"哼，你把咱家看成啥人了？有福同享，有难同当，有这么个发财机会，咋能忘了龙崽呢。再说，你照相、写文章都比俺俩强，实施起来离不开你呀。"

英子不说话，一个劲儿地抿着嘴笑，不过她分明是同意黑蛋的意见。我考虑了一会儿，心想这样也好。爹不是一直为神龙庙的乌烟瘴气头疼吗？我要用第一手资料戳穿这些谣言，也算是为爹分忧，算是我在这个暑假的社会活动。我说："好吧，咱们去组织一次'捕龙行动'。不过丑话说在前边，如果到时证实你们说的都是谎话，你们得负责在村里辟谣，破除迷信。"

黑蛋痛快地答应了："好，如果事实证明我们错了，我和英子到每家每户去辟谣！不过'捕龙行动'这个名字不好，对神龙太不尊敬了，只能说是去参拜神龙，或者是验证神龙它老人家的存在。"

"行啊行啊，那就叫'参拜神龙'行动吧。英子你说呢？"

英子笑着点头："叫什么名字我都没意见。我就是想亲眼见见神龙。"

我们商量好，下午先到黑龙潭去一趟，为明天的侦察行动踩点。这件事我们想暂时瞒着大人，省得事没办成先惊了全村。我们在热烈地讨论行动计划时，花脸似乎觉察到我们打算出门，便亢奋地跑来跑去，提醒我们别忘了它。带不带它呢？我考虑了一会儿，决定暂且不带。花脸实际上算不得一只好猎犬，从没打过猎，性格毛毛躁躁的，弄不好会搅了我们的侦察。午饭后，我们把花脸锁在屋里，偷偷出发了，花脸在屋里呜咽着，显得十分不满和伤心。

去黑龙潭的山路十分崎岖难行，在我们村的孩子群里，到黑龙潭游泳一向是勇敢者的行为。三年前我们去过一次，见识过黑龙潭。潭周围的巨树把那儿遮蔽得阴气森森，白色的雾霭笼罩着水面。神龙庙几乎淹没在荒草中，庙内什么也没有，只有满屋的蛛网和野兽的粪便。那次我们还在庙里发现过一条水桶粗的巨蟒——当然这是孩子气的夸张，实打实说来，那条蛇有茶杯粗细，将近两米长。即使如此，那样子也够吓人的了。

去黑龙潭一定要经过阎王背。这是一处陡峭的山脊，一块巨石向外凸，石壁上凿出一条窄窄的小路，路外就是深深的山涧。要想走过去，必须把腹部紧贴着石壁，慢慢地挪过去。这时是不能回头向下看的，看到云雾笼罩的深涧，说不定腿一软，就栽下去了。我和黑蛋都来过，当然不怵。我们安慰英子：不要怕，眼睛一闭就过去了，你怕不怕？许是我们的思想工作不合章法，起了反作用，英子吓得脸色苍白，强撑架子说：不怕！有你们领着我就不怕！

我们前呼后拥，总算让英子平安过去了。

现在的神龙庙已经今非昔比，再往前走，看到山草中已踩出明显的行迹，庙的四周肯定清理过，荒草乱树都被砍掉了。横匾上"神龙庙"三个大字用漆重新描画过。庙内新添了一座龙的石刻像，盘旋虬曲，张牙舞爪，虽然做工比较粗

糙，但形态相当威猛。一位老太太和一位 40 多岁的中年人正在虔诚地跪拜，显然是一对母子，祭坛上的供品琳琅满目，有馒头、两个猪蹄、水果，甚至还有两瓶可口可乐。庙祝扎着髻子，身穿道袍和白布袜子，手里拿着拂尘，正肃立在旁边。黑蛋悄声问我：这个道士你认得不？我仔细看看，不认得。黑蛋嬉笑着低声说，这是个假道士，自封的，就是回龙沟的石匠陈老三嘛，他干道士这一套完全是无师自通。经他这么一说，我才认出来了。

两个香客喃喃有词地敬了香，许了愿，叩了三个响头，又往功德箱里塞了 10 元钱。透过箱子正面的玻璃，看见里面的纸币不少，不过多是 5 元以下的小票。我对黑蛋说：见神龙要磕头的，咱们磕不磕？咱们也磕吧。黑蛋没听出我奚落他，照他对神龙的坚定信仰是要磕头的，不过毕竟是 21 世纪的青年啦，不大好意思。他试探地问：陈三伯，我们不会磕头，鞠躬行不行？陈老三很大度地说：行啊行啊，只要心诚就行，神龙不会怪罪的。我们向塑像鞠了躬，又往功德箱里塞了钱，他俩各给 5 元，我给了 10 元。庙祝偷眼看到我的祭献，笑得更慈祥了。

两名香客还在同庙祝唠叨，无非是说神龙的灵验。这两个人我们都不认识，可能是远处赶来的。老太太已有 70 岁，走路颤颤巍巍的，我真纳闷，刚才的阎王背她是如何爬过来的！真是信仰的力量大啊！

我背着手，在祭坛上审视一遍，说："陈三伯，这供品不大对头吧？你想龙是水里生水里长的，按说他该吃鱼鳖虾蟹才对吧，你可要研究研究，别让龙王爷吃了你的供品落个肠胃病。要知道他老人家已经6000多岁啦。"假道士没有听出我话里的奚落，或者他听出了但不想当着香客和我理论，连说：没事，没事，神龙每天都把供品吃得干干净净，它肯定喜欢这些。我说，可口可乐它也喝？那可是洋玩意儿，中国龙肯定没喝过。假道士说：喝，怎么不喝，喝时还知道打开瓶盖，拉开铝环，吃鸡蛋和香蕉还知道剥皮呢。

我急忙捂住嘴才没有笑出声。这个陈老三，也太敢胡日鬼了，神龙吃鸡蛋还要剥皮？还知道拉开可乐罐的拉环？连黑蛋和英子也觉得他的话水分太大，尴尬地看看我。

香客走了，我使个眼色，领黑蛋他们到庙后去侦察。庙后荒草极深，能埋住我们的肩膀。一只野兔受惊，向草丛中窜去。我们在后墙上发现一道宽宽的裂缝，非常便于我们的观察，甚至照相都行。不远处就是那棵千年银杏，垂挂的树瘤上绑着香客们敬献的红布。通过裂缝，我们看见庙祝跪下，恭恭敬敬叩三个头，然后打开功德箱，美滋滋地数起来，数完后揣进怀里，把庙门半掩上，离开了。这个数钱的动作看来亵渎了黑蛋的坚定信念，他看看我，脸红红地扭过头。

我小声安慰他，这说明不了啥问题，庙祝贪财，并不说明神龙就是假的，你说对不对？黑蛋红着脸说，你先别说刺棱话，咱们明天见真章！我笑着说，行啊，明天看谁笑到最后？

我们团坐在银杏树下，商量明天的行动。当然要先做好准备，要带上手电、干粮。我家的傻瓜相机要带上。要准备两把猎刀——万一遇见什么野物怎么办？万一所谓的神龙只是我们见过的那条长蛇？五六年没见，它一定长得更长了，两把猎刀不一定能对付呢。英子有点临事而惧了，她不好意思打退堂鼓，只是低声问："龙吃人不吃人？"我说，传说中倒是有吃人的恶龙，不过你别怕，明天我站前边，吃人先吃我，百八十斤的，肯定能管它一顿饱了。黑蛋说，你们别胡说，这条龙不管是不是传说中的应龙，反正是一条善龙，它已现身三个月了，除了吃庙里的供品，连鸡呀羊呀都没糟蹋过一只。

英子抬头看看黑蛋，想说什么，又闭上嘴。我敏锐地发觉她的异常，便撺掇她："英子你有什么话尽管说，黑蛋和神龙都吃不了你。"黑蛋也不耐烦地说："有啥你尽管说嘛，女孩子家真是麻烦。"英子迟疑地说："今早听刘二奶说，神龙吃了回龙沟陈老三家的羊娃。"

"就是刚才在这儿的那个庙祝？"

"对，就是他家。"

黑蛋把头摇得像拨浪鼓："你信？龙崽你信不信？你们想想，神龙每天有这么多食物，吃都吃不完，干嘛还要去吃羊娃？"

英子说："噢，对了，刘二奶说神龙把羊娃咬死了，没吃。"

"全是诬蔑！谁看见的？看清了没有？一定是豹子干的事，赖到神龙身上了。"

我说："可惜刚才没问问陈三伯，看他的表情，不像是对神龙有什么意见——不过也说不定。他每天从神龙身上捞这么多钱，个把羊娃的损失算不了什么。哎哟！"我跳起来，"只顾说话，你看太阳都落山了，快走吧，要赶在天黑前走过阎王背。"

过了阎王背，天真的黑了。我们不敢大意，不再说话，急急地赶路。这儿离家还有一个多小时的路程，好在月亮已经露面了，微弱的月光照着崎岖的小路。快到回龙沟时，我忽然浑身一机灵，立即停步，示意伙伴们噤声。黑蛋低声问："咋啦咋啦？一惊一乍的，眼看快到家了嘛。"我严厉地瞪他一眼，对他用力挥手，他这才闭上嘴。我竖着耳朵努力倾听着，听不到什么动静。但我的直觉告诉我，那天晚上的"杀气"又出来了。空气变得异样，周围静得瘆人，草虫们都停止了鸣唱。一股淡淡的异臭从树林中飘出来，我用力嗅嗅，没错，还是那天的味道。那只老豹子或什么猛兽肯定藏在前面的树林里。

黑蛋和英子不知道我那晚的经历，但从我的表情上看出事态严重，他们疑虑重重地盯着我的后脑勺，同时也努力倾听树林里的动静。很长时间过去了，树林中没什么动静，更没有那晚的两点绿光，异臭味儿也慢慢消失了。但我的下意识在坚决地说：刚才不是梦幻，那条绿眼睛的什么"玩意儿"肯定在树林中窥伺过我们。

黑蛋低声问："到底是什么？"英子也问："你看见什么啦？"我低声向他俩追述了那晚的经过，描绘了那玩意儿的绿眼睛和异臭味儿。我问：你们刚才闻见什么了吗？黑蛋说没有，什么也没闻见。英子不太肯定地说，她似乎闻到一股怪味，是带着甜味的异臭，令人作呕。我说，对，就是这种味道。

黑蛋不大相信我的话，不耐烦地说：神经过敏了吧？什么杀气，什么异臭，我怎么没有感觉到？算了，别耽误时间，该走了。

我迟疑地迈出第一步，忽然英子拉住我：龙崽，你看那儿有人！顺着她的手指看去，在树林阴暗的边缘，的确有两个模糊的身影。肯定是一男一女，因为那个矮个子身后有长发在飘动。看来，这两个人不是本地人，本地的姑娘们没见留披肩发的。两人立在树林边一动不动，莫非他们也听到了树林的动静？后来两个身影开始动了，开始向树林中走。我立即大声喊：

"那儿是谁？"那两个身影立即定住了。"不要进树林，林子里可能有猛兽！"

非常奇怪，听了我这句话，那两人像是受惊的兔子，嗖地窜进树林，呼呼啦啦一阵响，他们就消失了。我们三个人面面相觑，心中十分惊疑：这两个家伙是什么货色？为什么怕见人？看他们鬼鬼祟祟的样子，八成不是好人！

先是"那玩意儿"，再是两个神秘人，这两件事在我心中种下深深的不安。此后在回家的路上，我们都沉默着，暗自揣摩这两件事。我决定等爹回来后，把这两人的事告诉他，叫他认真查一下。

赶到村子时，大半个月亮已从山坳里爬上来，算算明天是阴历六月十四，月光正好，对我们的行动很有利。我们再次重申对大人要保密，省得人多嘴杂，把神龙惊走了——神龙当然是有灵性的嘛。

我们悄悄散去。

第2章

神龙现世

第二天晚上8点钟，我们"全副武装"地赶往神龙庙。我脖子里挂着爹的傻瓜相机，挎着一把四节的长手电，英子背着一包干粮和三瓶水，我和黑子的腰带上还各自插着一把猎刀。刀已经磨过，磨刀时娘问我干啥，我给含糊过去了。临走时我们分别告诉家里，我们到回龙沟去玩，今晚不回来了。爹娘都没起疑心。

前面是千年银杏和神龙古庙。庙门虚掩着，我们进去查看一番，神龙的塑像威严地立在祭台上，功德箱里的钱钞清理过了，香炉里的香还没燃尽。供品仍像昨天一样丰富多彩，有鸡蛋、香蕉、五香牛肉、饮料和一袋饼干，比我们带的食物还丰富。我想，陈老三只清理钱钞，没把这么好的食物带走享用，看来还蛮有职业道德嘛。这种情况让我稍感不安，如果陈老三不把供品带走，这说明……莫非真有一个家伙来吃供品？我没把自己的疑虑告诉黑蛋，不能先长他的志气嘛。我们退出去，在庙后的荒草丛中隐藏好。

月光皎洁，大地笼罩在银辉之中，平添了一层神秘和庄严。山岚从潭的上空一团一团升起，并向岸上飘拂过来，别看我在山里长大，这样的景象还没见过。潭水静如镜面，只是偶尔传来鱼儿的泼水声，水面上绽出一圈涟漪。微风飒飒地吹着荒草，有时几只鸟儿鸣叫着从树冠扑翅升空，然后又落下来，恢复了寂静。

同是黑龙潭的景色，白天和夜里看来完全不是一回事，我们的心中都鼓荡着一种神秘感和敬畏感。银盘似的月亮冷静地看着世界万物，它已经观看了45亿年了，它经历过生命之前的洪荒，见证过寒武纪的生命大爆发，看过恐龙在地球上的兴衰，见过猿类向人类的艰难进化，也一定目睹过黄帝和蚩尤的大战。不知怎地，我脑海中浮出一幅画面：黄帝在战车上指挥，旱魃（黄帝的女儿，一个光脑袋的姑娘，具有神力，所到之处禾苗焦枯）赤足在地上步行，应龙嘎嘎怪叫着在天上翱翔，黄帝部族驱着无数的猛兽，把铜头铁额的蚩尤族人紧紧包围起来……龙伴随着华夏民族走了近万年的历史之路，也伴着我长大，我熟悉它就像熟悉我的家人。从理智上说我不相信有神龙，但从感情上我很希望世上真有神龙，希望它此刻正藏在月光下的丛林里。

英子碰碰我，轻声问："饿不？"她的眼睛在月光下闪闪发光。我说不饿，不过吃一点也行。英子把烙饼和五香牛肉递过来，我慢慢地嚼着。英子小声问："龙崽，你说咱今天能看见那条神龙吗？"黑蛋抢先说："这种事哪能打保票？也许得等一个月才能见到。龙崽，三五天见不到，你可不能判我输。"我说："咦，昨天你不是说神龙每天都来享用供品？心虚了吧，你是不是开始为自己的失败找借口了？"

黑蛋忽然"嘘"了一声，向我摇摇手指。我和英子都竖起耳朵听。我们听见了，声音是从黑龙潭那边传来的，是泼水的声音，我们站起来放眼望去，见平静的潭面上有一道巨大的三角形波纹，向这边逼近，波纹的尖端有一团黑乎乎的东西，看不清楚，但从波纹的巨大来推测，这个野物的个头不会太小。

很奇怪，尽管我们是在特意等着神龙出现，但此刻谁都没把湖里的东西与神物联系起来。也许我们下意识里认为，神龙的出现不会如此平常，一定伴随着雷电、虹霓、云霞、风雨等自然界的异兆。那东西很快靠近这边的湖岸，爬上来，抖一抖全身水珠，还用爪子搔搔后脑勺——黑蛋忽然拉住我和英子的手臂，低声说："龙！"

的确，从那东西的大致轮廓看，很像是一条龙，不，绝对是一条龙。它的脑袋很大，长有枝枝桠桠的角，身体大概有两米长。它没有多耽误，熟门熟路地向庙门跑来，不是跑，是像蛇那样一曲一拱地游行。我们都屏住呼吸，万分紧张地看着。正在关键时刻，它的身影被庙墙挡住了，我和黑蛋同时迈步，想绕过墙角去观看。英子手疾眼快地拉住我们，摇摇头，又朝墙缝努努嘴。她的手冰凉，微微颤抖着，我们知道她是怕惊动了"那东西"，便按她的意见趴在墙缝上，紧张地窥视着。

吱扭一声，庙门开大一点，明亮的月光从门里泻入，一个黑影悄无声息地滑进来，滑到祭坛之前。是龙！我们的眼前肯定是一条龙，尽管谁都没有见过真龙，但几千年的文化濡染，已将龙的形象刻在我们心中，溶化在血液里。衬着月光，我们看到一个硕大的龙头，状如鹿角的龙角，一双熠熠有光的龙眼，看到龙嘴旁的卷曲的龙须，亮晶晶的龙牙，长长的披满鳞甲的龙身，四肢强健的龙爪，一只扁平的龙尾。它的背部是青色的，腹部呈灰白色，上面有横纹。刚才它在地上游行时，龙爪贴在身旁，向后拖着，此时它将龙爪撑在地下，挪动着龙爪向前行走。显然，用龙爪行走不如用腹部蛇行来得轻快，它耸着肩膀，一摇一晃地走着，很像座山雕在平地上行走的样子。

我们都惊呆了。不论是龙的赞成派还是反对派，我们都对目睹一条真龙缺乏心理准备，现在它就在我们眼前，两米之外。一条活灵活现的真龙！它是从哪里来的？当然，它不会是黄帝时代的那条应龙——这一点是很明显的，这条龙没有6000年的老态龙钟，没有6000年的沧桑威严，看起来它显得稚拙，应该是一条年龄尚幼的龙崽。

龙崽贪馋地注视着供桌上的祭品，它先伸出长舌，将一盘五香牛肉一扫而光，非常香甜地咀嚼着；又用舌头卷起一个鸡蛋，放在祭坛上，笨拙地伸过来一只龙爪，抓起鸡蛋在供桌上敲击着。用坚硬的龙爪来做这些细话，似乎不那么得心应手，动作之生疏就像一个两岁的人类婴儿。但不管怎样，它最终把鸡蛋皮剥下来了，用长舌把剥皮蛋卷进嘴里。我们三个都面面相觑——庙祝原来没说谎话，它吃鸡蛋真的还要剥皮！我认为是最拙劣的谎话竟然是真的！

龙崽饕餮大嚼，满意地哼哼着，看来它喜爱这些凡间食品更甚于仙家的盛馔。它的大脑袋在墙缝里晃来晃去，有时候从我们视野里消失，一会儿又晃过来，离我们最近时只相距一米，所以，我们对它的表情看得清清楚楚。没错，是表情。它的大眼睛里透着新奇和顽皮，能感受到它对这顿美餐的喜悦之情。

供品吃完了，龙崽仍不安静，在庙里到处走动，有时是蛇行，有时是足行，这儿嗅嗅，那儿舔舔，有时还用脑袋在墙上或功德箱上轻轻撞击着，像一个精力旺盛的孩子。我们面前的墙缝只能提供一个有限的视野，当龙崽走出视野时，我们那个急呀，恨不能把眼珠突出来，再隔着墙缝伸过去。三个人的脑袋沿着墙缝纵向排列，自下而上依次是英子的、黑蛋的、我的。忽然屋里的声音静止了，很长时间没有丝毫动静，它在干什么？我们等啊等啊，仍是没有动静。我实在按捺不住了，便拍拍两人的肩膀，领他们悄悄向庙门绕过去。我们高抬脚，轻放下，尽量不发出声音。

终于到了庙门，从半开的门洞里向里看，找不到龙崽的踪影，黑蛋低声说："走啦！"我赶忙扭过头，瞪他一眼，禁止他出声。忽然英子拉拉我的衣袖，朝祭坛上一指。它在那儿！祭坛上的塑像由一个变成了两个，原来龙崽爬到祭坛上，摆出和塑像完全相同的造型，昂着头，身子盘旋着，爪子雄健有力地抓住桌面，目光威严。

这个造型保持了很久。我们有一个感觉，刚才它是在玩耍，这会儿是工作，是摆着架势让香客膜拜。不过这会儿我们心里已经没有什么敬畏感，这个威严的造型显然是一种表演，是儿童演员反串老生，是孙儿穿上长衫学爷爷走路。龙崽在里面一动不动，我们三个在外边也一动不动，时间一秒一秒地向前滚动。这片安静被黑蛋打破了，他一直伏在我身后撑着膝盖、伸长脑袋观看着，不知怎地胳膊一软，脑袋敲在门板上，咚的一声，在一片安静中简直像一声惊雷。

龙崽显然听见了，它扭头朝门口看看，吃力地挪动着四爪下了祭坛，向门口蹒跚走来，我们都呆住了，想跑，又怕惊动它，只好大气不出地硬挺着。少顷，一个大脑袋从门缝伸出来，与我们劈面相对！我们屏住气息，一动不动，心中祈盼龙崽看不见静止的东西（"侏罗纪公园"那本书里说，恐龙就是这种视觉特征）。但龙崽显然看到了我们，不过它没有表示敌意、愤怒或者警觉。它只是歪着脑袋，非常好奇地打量着我们三个，左嗅嗅，右嗅嗅，然后伸出长舌在我脸上舔了一下，它的舌头湿漉漉黏糊糊的，还带着五香牛肉、咸鸡蛋和香蕉的味儿。我不敢稍动，龙崽又一视同仁地分别在英子和黑蛋脸上舔了一下。

也许它在判断三人之中哪个最可口？看来它选中了黑蛋，它把脑袋凑近黑蛋，再次伸出长长的舌头。我觉得黑蛋已经精神崩溃了，我想他这会儿没有尖叫着逃跑，只是没了逃跑的力气。我也一时惊呆了，猎刀就别在腰后，但我没想到抽出它。反倒是胆子最小的英子相比起来最镇静，首先想到解救危难的办法，她忙将干粮掏出来，捧在手里，送到龙崽嘴边。龙崽嗅嗅，显然非常满意，伸出长舌把五香牛肉和两个

面饼一扫而光。

这些东西咽到肚里后，它两眼亮晶晶地看着英子，长舌在她手心里继续舔着，看来它还没有吃饱哩。英子不知道该怎么办，因为食物只有那么多了，她两手空空地举在龙崽脸前，不敢收回，表情十分尴尬。

我们都十分紧张，但不再恐惧。因为从龙崽的目光中，我们看到的是好奇，是天真善良。从龙崽的目光看，它确实是有灵性的，绝不是普通的爬行动物。那些低智力的爬行动物，像蛇啦、蜥蜴啦、乌龟啦，它们的目光中绝不会有这么丰富的表情，常常是像玻璃珠子一样死板。

我们面对面僵持着，不知道这种僵持以什么方式收场。这时，我忽然在一时冲动下做出最勇敢的举动，我举起脖子上挂着的傻瓜相机，对着神龙按下快门。闪光灯闪过之后，龙崽并没有被激怒，它仍安静地蹲伏着，只是上上下下打量我手里的相机。见我久久没有动作，便伸出舌头舔了我一下，努努嘴巴。停一会儿又舔了我一下，努起嘴巴向我示意。看它的样子，似乎在向我示意什么。英子拉拉我，声音抖颤地说：

"它是不是想让你再照一张？"

我只有苦笑：英子实在是想象力丰富啊，神龙还知道邀请我们给它照相？黄帝那年代怕是没这玩意儿吧。但此刻也没别的办法，我声音颤抖地自语道：

"我再照一张？"

龙崽忽然向我轻轻点头，我们三个真傻了：神龙能听懂我们的话？没错，它能听懂！也许这点本领算不了什么——如果它真是神龙（应龙）的话，想当年黄帝下命令时它也能听懂啊，不过当时黄帝说的是古汉语，总不会它既懂古汉语又懂现代汉语？神龙嘴巴里发出咕咕哇哇的声音，怕是在用龙的语言同我们沟通吧。我不敢耽误，忙举起相机，频频按下快门，闪光灯在它眼睛里闪亮着。

黑蛋的魂灵这会儿已经还阳了，转眼间变得十分勇敢，他伸出手，哆哆嗦嗦，慢慢伸向龙崽的头顶。他想摸摸神龙，就像我爱抚花脸一样？我们紧张地盯着，大气不敢出。神龙看来对他的冒犯并不在意，安静地待着，直到黑蛋的手真的摸到头顶。黑蛋简直大喜若狂，我们也很高兴。我和英子也慢慢伸出手……

忽然龙崽抬起头侧耳倾听，似乎听到我们听不到的什么信号。它没有耽误，马上从我们身边挤过去，蛇行到潭边，跳下水，水中的三角形波纹迅速向对岸移去。然后它上了岸，消失在对岸的树丛中。

与龙崽对面相持时，我们的灵魂都出窍了，先是惊后是喜，七魂八魄在月光之中飘荡着。龙崽消失后，我们的灵魂才归位。黑蛋欣喜若狂地喊着：是真龙！是一条真龙！龙崽（这是叫我）你服不服？你服不服？英子也欣喜地说，是真的，你看它多温顺、多可爱！

我不是个轻易服输的人，但这会儿确实服输了，我说："没错，它是一条龙，不过绝不是大战蚩尤的应龙——它哪里像有6000岁？它也不是法力无边的神龙——你看它多家常、多随和，它让我拍照，还让你摸脑袋呢，它也不会腾云驾雾。"

黑蛋说："先不忙说它是不是应龙和神龙，先说它是不是一条真龙？"我老实承认，是的。黑蛋得理不让人，咄咄逼人地追问："你不是说，龙只是传说中的动物吗？你不是说，龙这种动物从来不存在吗？"

对黑蛋的诘问我确实无言以答，我相信自己学到的科学知识是不会错的，可是—— 一条真龙刚刚在我面前存在过，它舔在我脸上的唾液还没干呢。我曾考虑它会不会是一条变异的蛇？想想不可能。蛇如果变异出双头或四足是有可能的，也曾见于报道，但要说一条蛇恰好变异出龙角、龙须、龙爪、龙鳞、龙尾，一句话，照着中国人心目中的龙模样去变异，那就难以让人相信了。尤其是这条龙的目光！我不能断言它就有智慧，但至少说，它的目光是清明的，是有灵性的，是天真善良的。这绝不是爬行动物的眼睛。

我们进到庙里，七嘴八舌地讨论着，龙崽的塑像安静地陪着我们。我们的讨论其实没一点实质内容，尽是感叹词的堆砌：不可思议！简直像做梦！多可爱！天光渐渐放亮，听见外边有脚步声，是庙祝进来了，他看见我们，立刻警惕地瞪大眼睛：

"你们三个毛孩子，这么早来干什么？"

我们早已忘记对庙祝的不恭，七嘴八舌地说："陈三伯，我们真的见到了活龙！""它吃了供品，还吃了我们的干粮！""它还舔了我的脸！""它能听懂我的话！"庙祝看到一下子增添了三个坚强的信仰上的同盟军，不免喜出望外，和我们的距离一下子拉近了。

"是呀是呀，有些干部还说我是造谣哩，特别是贾村长，一见我就吹胡子瞪眼的，诬蔑我造谣！"

黑蛋嘿嘿地笑着，指着我对庙祝说："他就是贾……"

我瞪他一眼，他赶紧把下半截话咽进去了。庙祝没听出他的话意，继续说着："告诉你吧，两个月前我亲眼见过神龙它老人家，这个塑像就是按它的模样刻出来的，是我亲自刻的。"

我想起来陈老三是位石匠，不过对他说的"老人家"表示反对，"它怎么能称得上老人家呢？是一条又顽皮又可爱的小龙崽！"

陈三伯想了想，也认可了："可能吧，我原先心里就嘀咕，要真是大战蚩尤的应龙，不会是这么小的身架。那么，它是应龙的后代？是龙宫三太子二公主什么的？"

"陈三伯，龙崽的家在哪里？"

"谁知道呀，不像在黑龙潭，从没见它在潭里多停留；也不像在远处，从未见它驾云飞升。大概就在潜龙山哪条深涧里吧。"

我觉得应该适时地强调一下我们与庙祝的区别。"没错，它是一条龙——但它是一条肉身凡胎的龙，没有什么腾云驾雾、呼风唤雨的法力，你看见它施过什么神通吗？"

"没有见过，"庙祝老实承认，但仍固执地抗议道，"不过它肯定有神通，有法力，它是一条真龙呀，真龙哪会没有神通呢？"

这个问题是争不出什么结果的，我们也就不争了。我忽然想到英子的话，问庙祝："陈三伯，有人说这条龙崽吃了你家的一只羊娃，是真的吗？"

庙祝立时恼了："胡说八道！我家的羊娃是被咬死一只，肯定是豹子什么干的，绝不会是神龙！神龙每天吃着供品，咋会再去咬死羊娃呢？你别听我家老婆子瞎叨叨！"

我从他的话里听出点破绽，便迟疑地问："羊娃被咬死时你不在家？"

"嗯，我起早到这庙里来了。"

"是你老伴看见羊娃被咬死的？"

"是，她瞎瞎唧唧的，肯定没看清楚。"

我看看黑蛋和英子，这么说，陈老三并不是目击者，他老伴的话应该比他的话更可信一些。看来，这桩公案还没到盖棺定论的时候。庙祝怕这件事影响神龙的威信，喋喋不休地辩解着。我说："好啦，不用说啦，我们相信你的话。我们已经亲眼看见，这是条非常善良、非常仁义的龙崽。"

我们同庙祝告别，踏着晨光返回村里。快到村边时，我让大伙儿停下，团坐在一块光滑的山石上。我说，下一步该如何办，咱们是不是讨论一下？

"首先"，我发言道，"我承认自己错了，这条龙是真实存在的（黑蛋得意地笑了），但我的另一个观点是正确的，那就是没有传说中的神通广大的龙，这条龙崽是一只普通的动物，就像一只猎犬、一条海豚那样，它身上没什么神秘的光环。黑蛋，我的结论对不？"

黑蛋肯定想反驳，但他认真想了想，不情愿地点点头，英子也点点头。是呀，在喂过龙崽、被它的长舌头舔过、摸过它的脑袋之后，谁还能相信它是一个神灵呢？我继续说："看来只有一种可能，龙确实是自然界存在的生灵，很可能它就是恐龙的一种，而且在恐龙灭绝之后，它还存活下来——

仅仅存活于中国这片土地上，被我们的祖先发现，编进中国的神话传说里，你们说对不对？"

黑蛋和英子对我的推理完全同意，用力点着头。"如果你们同意，那咱们下一步就该去寻找它的巢穴，它绝不能生活在天上，也不会生活在水里——很明显，它没有鳃，没有鳃的生物是不能长年生活在水下的。它一定藏身在潜龙山某处深山秘洞里，如果我们找到它的巢穴，找到它的家族，肯定是 21 世纪最重要的生物学发现！"

黑蛋激动地说："咱们要把它交给政府！"

我笑着看看他："不卖给外国大鼻子啦？"

黑蛋红着脸说："甭提那个话头，那是我一时财迷心窍。中国的龙，咋能卖给外国人呢！"

"那好，咱们今晚上带着猎犬花脸来，让它追踪龙崽，行不行？"

黑蛋和英子都表示赞同："对，哪怕追到龙潭虎穴！"

但我仍有点迟疑，我似乎觉得，整个事情中有那么一点不对榫的地方，是什么呢？对了，是龙崽的长相，龙崽的大角！黑蛋看出我的迟疑，问："你还有什么疑惑？尽管说出来。"

"我想……"我思考着，"龙崽应该是食肉动物吧，但自然界的食肉动物没有一个长角的，龙崽为什么是个例外？"

黑蛋不服气地说："食肉动物为什么就不能长角？谁规

定的？"

"这是进化论的结论。动物的器官都是在使用中进化的，凡食肉动物都是进攻者，不需要角这种防御武器。你不妨数一数有角的动物：牛、羊、鹿、犀牛，甚至草食恐龙……绝不会有一个例外。如果这条龙崽真是自然界的动物而且是食肉动物的话，它的角就是唯一的例外了。"

黑蛋不服气，他绞尽脑汁，想在动物中找到相反的例证，但找不到，只好皱着眉头沉默了。

第3章

龙穴追踪

　　爹要出门两天才能回来，对我说："明天黑蛋、英子不能和你玩了，我联系了一笔业务，得让他们上山砍竹子。"我忙央求爹："再放他们一天假吧，让我们再玩一天吧，行不？"爹笑着答应了。

　　我说："你联系竹器外销这么辛苦，干嘛不利用互联网呢？在电脑上发一条产品信息，全国全世界的人都知道。"

　　爹疑惑地说："我倒是听说过用互联网联系业务的事。不过——它真管用吗？"

　　"一定管用！爹，等我把龙……等我再玩一天，我负责把这件事给你办妥，不光国内，还要用英文发到全世界。"

爹显然对我的能力不是太相信，或者说对这种虚无缥缈的办法不相信，他随口应一声："好吧，我等着你"。他匆匆吃完早饭，带工人上山砍竹子去了。实际上，他的小工厂只有三个长年的工人，黑蛋、英子不去，就只剩下一个将带一个兵。爹在准备工具时，我犹豫着是否告诉他那两个神秘人的情况。后来，决定暂时不说，免得影响我们对龙崽的秘密行动。

过了一会儿黑蛋、英子都兴冲冲地来了。我们详细商量了今晚的行动。首先是潜伏地点，我提议潜伏在黑龙潭的对面，就是龙崽最初下水的地方，因为它吃完供品后是按原路返回的。对这一点，两人都同意。再者就是究竟带不带花脸。英子说当然得带上，要靠它嗅认龙崽的踪迹呢。我说，对倒是对，但我最了解花脸，它可不是什么心机深沉的好猎犬，如果它早早就吠起来，不是把龙崽给惊走啦？

商量来商量去，还是得带上它。我们喊来花脸，郑重地告诫：花脸，晚上带你去打猎，你一定得沉着，不许乱吠，听懂没有？花脸仰着它忠诚的狗脸，傻乎乎地看着我们，只知道摇头摆尾地撒欢。我无奈地说：

"它肯定没听懂。黑蛋、英子，按我的印象，龙崽——别看它属于爬行动物——智力肯定比花脸高。你们说对不对？"

"当然，它能听懂咱们的话！"

"它还会说话呢，只是我们听不懂罢了。"

我奚落花脸："花脸，你还是高级动物（哺乳动物）哩，还不如一条爬行动物聪明，什么话你也不懂。"花脸听不懂这是赞扬还是批评，照旧摇尾巴。我们只好怀着担心把花脸带上，赶往黑龙潭。

晚上，我们三人和花脸埋伏在黑龙潭对岸的草丛中。花脸一直耐心地聆听着，不时在喉咙里低声吠叫。我抱着花脸的脖子，努力让它安静。

夜里1点钟时，草丛中有了动静，花脸立即耸起背毛。果然是我们的老朋友出现了，它不慌不忙游出草丛，跃入水中，三角形波纹向对面荡去。花脸在我怀里努力挣扎着，对我不放它追击猎物表示抗议。

我们焦急地等待着，等待十分漫长，我们觉得两个钟头过去了，可一看电子表，才过去十几分钟。这会儿龙崽在神龙庙里干什么？它把供品该吃完了吧，也许这会儿已经爬到祭坛上"亮相"，或者在到处寻找我们也说不定。我们艰难地熬到凌晨4点钟，花脸忽然耸起耳朵，向远处倾听着，它在听什么？英子扯扯我："龙崽，你看花脸！"

对岸并没有龙崽的动静，何况花脸是向我们后方倾听。我忽然灵机一动，说："花脸一定听到什么信号，就是昨天晚上龙崽听到的信号！要知道，狗耳能听到超声波，所以，这个信号很可能是超声波信号，是召唤龙崽回家的。只是不知道信号是谁发出的，是龙崽的父母，还是它……有一个主人？"

黑蛋对此表示怀疑："龙崽还能有什么主人？要知道，它是一条龙啊。龙如果有主人，一定是玉皇大帝了。我想一定是它的父母在发信号。你想，蝙蝠和海豚都能发出超声波嘛。"

英子嘘一声，指指对岸。这会儿那边有了动静，一个黑影从庙里出来，滑入潭内，有溅水声，我们已经熟悉的三角形波纹向这边扩展。龙崽很快到了这边，爬上岸，抖掉身上的水珠。

我们紧张地屏住呼吸，但我一时没有照顾到，花脸挣开来，咆哮着想窜出去，我心里连呼糟了糟了，龙崽肯定听见了！连忙抱紧花脸的脖子，生气地敲它的脑袋。花脸噤声了，委屈地低声呜咽着。龙崽当然听到了动静，向这边扭过头看一会儿。不过它似乎对这点动静根本不在意，回过头，不慌不忙地钻进草丛中游走了。等草丛中的沙沙声远去，我顾不得埋怨，拍拍花脸的脖子，示意它快去追赶。花脸嗅认着，领着我们追踪而去。

路十分难走，有时是深可埋人的草丛，有时需要钻过低垂的枝干，有时是陡峭的山脊。我们气喘吁吁地翻过一座山，花脸忽然停住，如临大敌地地注视着前方的丛林。那边有呼呼啦啦的响声。循着响声，我们在 200 米外找到了龙崽的身影，它正在那里用力摇摆着脑袋，愤怒地吼叫着：莽哈，莽哈。我们三人十分纳闷。它在干什么？莫非要"龙颜大怒""淹地千里，伤人八百"么？

我们很快猜到原因：它的美丽的龙角卡在树枝上，进退不得了。我捅捅黑蛋：看，这就是你所说的神通广大的应龙，连几根树枝也对付不了。黑蛋说，别说风凉话，你看它多难受，要不咱们去帮帮它？

我说："那怎么行，咱们一露面，还怎么追踪啊。"

龙崽还在愤怒地咆哮着。我心中那个疑问又浮出来：如果龙崽是食肉动物，是一条强大的无所畏惧的"龙"，那它就不会进化出角这种防御武器，这玩意儿多累赘！在密林中生活，说不定它会把龙崽的命送掉。莫非进化论的规则在它身上失效了？

前面的龙崽终于摆脱树枝，钻进草丛不见了，我们继续小心地追踪，时刻盯着月光下起伏蜿蜒的那具龙体。龙崽行进的速度很快，把我们累得呼哧呼哧直喘。我们都不是老练的猎人，脚步很重，尤其是进到林区后，脚下免不了有窸窸窣窣的声音。龙崽不可能听不见的，但它对身后的声响置若罔闻。我心中越来越疑惑，拉拉俩人让他们停下，低声问："你们说，龙崽能不能听见我们的脚步声？"

黑蛋大声喘息着——单是他的喘气声也把我们的行踪暴

露啦！黑蛋说："肯定能听见。除非它只能听见超声波而听不见正常的声波。不过按咱们在神龙庙和它打交道的情形看，它肯定不是聋子。"

"那它为什么一点儿都不管身后的声音，只是大摇大摆地往前走？莫非它……想把我们引入某个陷阱？"

我的推理让他们有点悚然，英子激烈地反对："不会，绝不会！它干嘛把我们引入陷阱？如果它是条吃人的凶龙，在神龙庙早把我们吃了。那时咱们几个都吓傻了，跑都不会跑，它一口一个，吃着多惬意呀。"

黑蛋也说："对。它绝对是条善龙。你看它在神龙庙的表现，多善良，多亲热，比你家的花脸还温顺呢。"

他们这些观点我也是很赞成的。"那……继续追踪？"花脸焦灼地低吠着，催我们往前走。于是，我们又迟迟疑疑地前进了。突然，前面的龙崽停下来，向后张望着，还用力嗅认。我想糟了，它真的发现我们了。龙崽调过头，快步向这边跑来。我赶忙拉着两人和花脸躲进树丛中，带出一片声响。不过龙崽不是冲我们来的，它对这边的声响照旧听而不闻，径自向一片密林斜插过去，很快隐没不见。我拍拍花脸的头顶，让它向这边追踪。这片林子很密，又不敢用电筒，行走十分困难。我焦急地想，恐怕要把龙崽追丢了。

蹑手蹑脚地走一会儿，前边突然传来一片声响。我们赶快闪到树后，刚把三人一犬隐藏好，龙崽就踢踢踏踏地返回了——几乎是擦着我们的鼻子尖经过。它仍然不在意我们躲藏时发出的声响，自顾沿原路走了。我们暗自庆幸，连忙跟在它身后。

在此后的追踪中，我心中一直有隐隐的不踏实，好像有什么值得注意的地方，而我一直把它忽略了。是什么呢？我想啊想，想不出来。还是英子解开了我的谜团，她忽然停下来，用力抽着鼻子，疑惑地说：

"龙崽，这路上有一股臭味！"

我恍然大悟。没错，有一股异臭，是从龙崽经过的地方传来的。臭味很淡，但仔细辨认后能断定，它和那晚的味道儿一样。臭味明显是从龙崽身上飘过来的，刚才它擦过我们身边时臭味最浓。但龙崽身上应该没有臭味呀——在神龙庙它还舔过我们三人呢，那时我们什么也没闻见。

我们继续追踪着，一边绞着脑汁。不知为什么，虽说只是一点儿臭味，但这事一直使我惴惴不安。过了一会儿，黑蛋恍然大悟地说："我知道了，我知道原因了！"

"什么原因？"

黑蛋得意地说出他的猜测——那真是黑蛋独有的推理，换了第二个人也想不到的。他说，刚才龙崽明显是离开行进方向，往树林里拐了一下，干什么去了？大便去了，而现在它身上那淡淡的味道，实际就是大便的臭味。想想嘛，它的食欲这么好，荤的素的热的凉的全捞到肚里，难免有点消化不良，难免有点臭味。对它这点小贵恙咱们就别挑剔啦，连咱们人类也是这样呢，你说是不是？

我和英子啼笑皆非，他的结论对于龙崽——不管怎么说，它身上还带着神秘的光环——未免不敬。可我们也驳不倒他，慢说龙崽是条普通的动物，即使它是应龙的后代，也同样需要吃喝拉撒嘛。我咕哝道："行，真有你的，你真是思维敏捷。不过龙崽干嘛跑那么远去解手，它也知道男女之防么？噢，对了，龙崽的性别还不知道呢，你们说它是雌龙还是雄龙？"

三个人在这个问题上的意见很难一致，我认为它应该是条雄龙，主要是因为它的角，大而美丽的角一般是雄性的特征，是用来向雌性炫耀的。不过这一点并不严格，很多雌性动物也长角。黑蛋和英子认为它应该是一条雌龙，是条性格温顺又多少带点调皮的小囡囡。这时花脸向我们吠起来，原来我们只顾讨论龙崽的性别，没注意到龙崽已经消失了。这片山林恢复了深夜的寂静，月亮安静地洒着催眠的月光。我们努力观察和倾听，没有发现龙崽的动静。

这会儿花脸才显出它的本领。它不慌不忙地嗅着，左转右转，领我们到了一面山坡前。山崖上有一个黑黝黝的深洞，附近有行走的痕迹，洞口还安有高高的木制栅栏。花脸在栅栏上抓挠着，显然这就是龙崽的行宫。

这个结果让我们有点儿失落感。龙崽就住在这儿？如果这就是它的行宫，那这位可怜的龙崽必然是龙世界中的贫下中农。龙宫从来都是极其豪华的，慢说东海龙王，洞庭湖龙王，就是一个小小的井龙王（如《西游记》里的）还有个漂亮的龙宫呢。栅栏门紧闭着，不知道里边是否有龙崽的父母。不过，我想更可能是它的主人。因为龙崽的父母——如果我们不承认它们是有灵性的神龙——不大可能为自己的巢穴安上大门的。我们三人低声商量着，决定翻过去查看。黑蛋自告奋勇，说他的手脚最利索，他先进去吧，万一有什么好歹，也不致全军覆没。我庄重地说："你放心去吧，万一有什么不幸，你的爹妈就是我的爹妈。"英子生气地说："这当口儿还贫嘴，净说晦气话！"我蹲下搭了人梯，黑蛋踏在我肩上爬上栅栏，朝我们做个手势，轻轻攀下去。

随着他的落地声，似乎听见一声熟悉的"莽哈"。不过，发声处距离很远，我们听不太真。黑蛋悄悄向里潜入，很快隐入洞中。我们紧张地睁大眼睛，但目光无法穿透浓重的黑暗。随即山洞里的灯亮了，一个男人的声音高声问："谁？"

糟糕，被发现了！龙崽果然有主人！我和英子十分紧张，留也不是，跑也不是——我们一跑不打紧，黑蛋还在虎口里呢。我们焦急地低声喊：黑蛋！快回来！黑蛋快回来！黑蛋那边没有动静，他可能藏起来了。随之手电筒一亮一亮地过来，听见那个男人在喝叫：谁？不准动！

这下糟了，我和英子豁出去，干脆也打开手电，用力擂起门来。大门很快打开，开门的是一个只穿内裤的男子，大约三十一二岁，娃娃脸，小胖子，戴一副度数颇高的金边眼镜。他一手拿着手电，一手拎一根高尔夫球杆，黑蛋缩头缩脑地立在他后边。

一个姑娘从里屋跑出来，大约也是三十一二岁，长得很漂亮，穿着短裤，上衣还没把扣子扣齐，露出雪白的肌肤，脑后扎一个长长的马尾辫，跑时辫子在身后使劲晃荡。一看她的风度就知道是大城市的人，这种风度是装不来的。她看看我三个，笑着说：

"哟，哪来的不速之客？看样子，你们不像是梁上君子吧。"

她的一口京片子好听极了。黑蛋说："我们当然不是小偷，我们是追踪神龙的。"

我瞪他一眼，这个黑蛋！一句话就把底牌端出来啦！谁知道眼前这一对男女是什么人？是江洋大盗还是外国特务？他们和龙崽有什么关系？听到我们提到神龙，那两人脸上掠过一波惊慌的表情，摇着头使劲否认：

"什么神龙？我们这儿没有神龙。"

看他们的表情，心里肯定有鬼！我推推英子，英子甜甜地说："叔叔阿姨，我们亲眼看见小龙崽进到这个洞里了，让我们找找吧。"

"叔叔"一个劲摇头："没有，没有。你们找它干什么？"

我理直气壮地说："破除迷信呀。它吃人家供品，骗香客给它磕头，把黑龙潭搅得乌烟瘴气的。"

"阿姨"走过来和气地说："我们这儿真的没什么神龙，请你们回家吧，这么晚，你们的父母一定在为你们担心呢。"

黑蛋犟着脖子说："不，找不到龙崽我们就不走！"

"叔叔"和"阿姨"也没辙了，低声商量着。这时我忽然心里一动，这位叔叔的面貌似乎在哪儿见过！我想啊想啊，突然想起来，学校图书馆有两本书的封面印着他的照片，那是作者给母校的赠书，还有本人签名。作者叫陈蛟，在龙口镇中学毕业，考上北大，又到美国读的洋博士。回国后他曾偕夫人一块儿回过母校，还给上一届学生作过报告呢。因为他是本校出的大人物，我很崇拜他，对他的模样记得比较牢。我兴奋地喊：

"你是陈蛟博士，你是他的夫人何曼博士！陈博士是龙口镇中学毕业的，咱们是校友，对吗？"

陈博士和他爱人互相看看，我想他们原打算否认的，但稍稍犹豫后笑着承认了："没错，你怎么认得我？"

"你给母校的赠书上有你的照片！你写的两本书，我都看过呢。"

陈蛟叹口气，知道无法把我们赶出去了，不大情愿地说："来吧，请进屋谈，我的小同学。"

他说的屋子是山洞里一个小小的侧洞，屋子摆设异常简单，也相当雅致，中间有一只藤编的逍遥椅，墙边有一座竹编的袖珍书架，上面堆有几十本书，正厅有一台电脑，屏幕比一般电脑大，电源线歪歪斜斜地沿着洞壁向外爬出去。在这深山野地里，他们从哪儿引的电源？我伸出脑袋看看，看到电线接到一座小小的变压器上，便恍然明白了。这儿的山顶上正好有高压线经过，他们一定是把高压电直接引下来了。屋里没有电视，没有电话，一只手机扔在桌子上，不过后来我们知道它在这儿又聋又哑，因为信号传不过来。陈蛟博士穿上长裤和衬衫，一边问我们的名字，黑蛋介绍说我叫黑蛋，她叫英子，他叫龙崽，它叫花脸。陈蛟歪过头，对我追问一句：

"你叫什么？龙崽？"

我点点头，陈蛟和妻子交换着眼神，会意地笑了。后来我才知道他们为什么发笑——他们给那条龙起的名字也叫龙崽。陈蛟问我们怎么搞起这次追踪行动，黑蛋详细追述一遍，包括他的原始动机——让外国大鼻子掏100万来买神龙的照片；也包括我们在神龙庙的奇遇，龙崽如何吃供品，如何舔我们的脸，等等，讲得有声有色。陈蛟听得只是笑，但听完后却来个坚决否认：

"很遗憾，我们这里从没见过什么神龙或龙崽，你们不要耽搁了，快到别处去找吧。"

英子和黑蛋苦苦哀求：我们真的看见它进来啦！让我们在洞里找找吧。我看见花脸一直在紧张地嗅着，分明龙崽就在附近。但陈蛟坚决不松口，冷着脸说：

"这么说，你们一定要搜查这儿了。搜查证呢？"

我们哑口无言，哪有什么搜查证，我们不被当做小偷已是万幸啦！不过我也不是那么好唬的，想了想，也冷着脸说：

"二位不是这儿的老住户吧，那你们的暂住证呢？我爹是村长，外来人口办暂住证都是我爹办理。但我不记得有你们的。"

这番话真把他震住了，陈蛟吭吭哧哧地没法子回答。黑蛋和英子高兴地帮腔："对呀对呀，他爹是贾村长。""外来人口都要办暂住证的，乡公安要抽查呢。"看着他的尴尬样，我十分得意，便大度地说：

"你们别担心，暂住证我去帮你们办。打眼一看，就知道你们是好人，对不对？再说，咱们还是同学呢。"

陈蛟就腿搓绳似的地说："那就谢谢啦，我明天就去找贾村长。天气不早啦，你们快回家吧。"

在我们和陈蛟磨牙时，何曼不为人觉察地离开屋子，再也没回来。我想了想，对男主人说："既然是这样，我们就告辞了，对不起，打搅了，明天见。"

陈蛟愉快地说："别客气，其实我很喜欢你们这种敢想敢干、有责任心的孩子。以后尽管来找我们玩吧。"

我对英子说："你们先在这儿等一会儿，我出洞去撒泡尿。"我捂着肚子跑出去，但没有去洞外，而是蹑手蹑脚地向里走去，因为我刚才似乎看见何曼闪到那边了。这个山洞相当深呢，走了一段路，看见一道微光。那是另一个侧洞，安着木门。从门缝向里看：那不是龙崽吗？它正亲亲热热偎在何曼怀里，就像一只通人性的狮子狗，何曼在它耳后搔着，低声命令：

"龙崽龙崽，乖乖待在屋里别出去，外面有生人。"

原来它在这儿！原来它也叫龙崽！我忍住欣喜，悄悄退回去，在洞口大声催促同伴："走吧，别打搅主人了！"

黑蛋和英子显然很不死心，但也无可奈何，不情愿地同陈蛟告辞。我们带着花脸走出洞门，我说："何曼阿姨呢？我们要跟何阿姨告别。"陈蛟不大情愿地喊了一声，何曼从洞内赶出来，为我们送行。这时，我突然发难，用手捂成喇叭对着山洞深处大声喊：

"龙崽龙崽，快出来送客人！"

陈蛟和何曼的脸色唰地变了，不等他们阻止，从洞内窜出来一只——龙崽！它用四只龙爪踏着舞步，颠颠地跑过来，蹭着陈蛟的腿。黑蛋和英子哇哇地叫起来：

"哈，龙崽龙崽！你果然在这儿！"

花脸狂吠着冲过去，在龙崽旁边蹦来蹦去。龙崽好奇地看着花脸，可能它还从未见过猎犬，不知道它是何方神圣。它友好地探过脑袋朝花脸嗅嗅，花脸惊慌地蹦到一边，仍然勇敢地吠叫着。这样的事态发展显然不合陈蛟的心愿，他沉着脸说：

"好了，别让你们的狗乱吠啦。既然你们见到了我的龙崽，走吧，我把事情的前前后后告诉你们。"

他让我们回屋，黑蛋没加考虑随他跨进洞门。我却犹豫着，陈蛟这么轻易就答应向我们披露秘密，我总觉得过于容易了。英子显然也在疑虑中，她一直偷偷打量着何曼，何曼阿姨不知什么时候解开了马尾辫，一头黑亮的长发在身后飘拂着。何曼很漂亮，但这会儿英子显然不是在欣赏她的美貌。她朝我努努嘴，指指何曼的长发。我恍然大悟：那两个神秘人！陈蛟夫妇就是那晚我们碰到的两个神秘人！这是不会错的，虽然那晚只是黑暗中远远的一瞥，但何曼的长发，她纤细的腰肢，陈蛟的矮胖身材……一切都合榫合卯。我实在不愿相信我的不同届同学会是江洋大盗或特务间谍，但那晚他们的惊慌逃避太可疑了！

我低声对英子说："对，是他俩！"黑蛋已经随何曼进洞，英子情急中惊慌地喊："黑蛋别进去，他俩就是那晚的神秘人，他们想杀人灭口！"

黑蛋愣住了，转身想往外跑。陈蛟马上露出凶神恶煞的样子，吼道："不进去？能由得你们？龙崽（这是喊他的龙崽），把他们三个给我抓进去！"

龙崽显然能听懂他的命令，唰地游过去，张开大嘴咬住黑蛋的胳膊。黑蛋的脸色唰地白了，我想他一定吓得屁滚尿流。花脸狂吠着冲上去，但被龙崽用尾巴轻轻一扫，摔了个四脚朝天。这一下打击大大挫折了花脸的锐气，它仍然吠着，但吠声里多了些恐惧，再也不到龙崽周围三尺之内了。

龙崽把黑蛋横拖竖拽地拉进洞内才松口，又朝英子游去，我们还没决定是否逃跑呢。英子吓得脸色苍白，不等龙崽张嘴，乖乖地进来了。我呢，识时务者为俊杰，也没让龙崽他老人家动怒。

三个小囚犯——不，四个，还有花脸——乖乖地立在陈蛟的住室内，龙崽得意洋洋地守卫着。黑蛋惊慌地看他的胳膊上龙崽咬过的地方，不过那里显然没留下什么伤口。陈蛟收起凶恶的表情，笑眯眯地坐在逍遥椅上，何曼过去，依在他身上，含笑看着我们。我这时才想到了身后别着的猎刀，陈蛟也够大意了，不知道没收我们的武器。我借着英子的身影，悄悄把手伸到身后，将刀把顺过来。陈蛟笑眯眯地说：

"别害怕，俺俩今晚心情很好，不会杀人灭口的，也不会拿你们喂龙崽。不过你，"他指指我，"不要摸你的猎刀了。好不好？"

原来他什么都看见了，这个狡猾的小胖子！我红着脸把手放下。陈蛟对何曼说："这三个小家伙和咱们也算有缘啊，要不，咱把有关龙崽的超级机密透给他们，你说呢？"

何曼抿嘴笑着："想说你就说吧。我早知道，不找人吹吹你的成功，你会把肚子憋炸的。"

"那我就告诉他们？喂，你们三位，我要告诉你们，但你们一定要为我们保守秘密，行不？"

三人互相看看，都没有回答——谁知道他是什么秘密？万一是祸国殃民的秘密呢，这俩人是不是想拉我们下水？但陈蛟并没强求我们答应，继续说道：

"讲述之前，你们先检查检查龙崽，看看它的龙角啦、龙爪啦、龙鳞啦，是不是假的，是不是用手术加上去的。龙崽，过来让他们摸一摸！"

龙崽摇头摆尾地过来，把脑袋杵到我们的腋下，我大着胆子摸摸，检查检查。它身体的各部位天衣无缝，肯定是"天生"的。黑蛋和英子也都摸了，我们异口同声说：

"是条真龙！"

陈蛟得意地说："没错吧，一条真龙！可是，这条真龙是从哪里来的？要知道，龙只是传说中的动物，是原始部落各种动物图腾的集大成。也就是说，自然界中从来不存在这种长相的龙，那么它是从哪里来的呢？"

我想我已经知道了答案。自从看见陈蛟夫妇，这个答案早就呼之欲出了。我得意地大声说："我知道它从哪里来——基因魔术！"

我们对陈蛟夫妇的戒意很快就消失了。本来嘛，这个面相和善的小胖子和他漂亮的夫人，怎么也不像是阴谋家或冷血杀手。至于那晚他们的可疑举动，一定有另外的原因。何曼招待我们吃了一顿简单的早饭，龙崽和花脸很快化敌为友，头挨头挤在一个盘子上吃饭，舔得哗哗哗响成一片。吃过饭，我们都凑到龙崽跟前，轻轻地抚摸它的头顶、脊背，而它也像只小猫一样迎合着我们的亲昵。我们也注意地闻闻它的身体，这会儿没有任何臭味。

陈蛟把有关龙崽的根根梢梢全告诉我们了，黑蛋和英子如听天书，一头雾水。我呢，到底比他俩多读了两年书，又读过陈博士赠龙口镇中学的那本《基因魔术》，听起来相对省力些。陈蛟讲述的知识大致可以归结为四条：

第一，生物体的所有遗传信息都藏在 DNA 中，藏在这本无字天书中，这已是基本常识了。所以，黑蛋和英子没什么疑问。

第二，所有生物是"同源"的，都是从一种低等生物发展而来，所以所有生物的基因都非常相似。比如主管眼睛的基因，无论它是苍蝇的复眼，还是能伸出眼眶转动的变色龙的眼；无论是无比敏锐的鹰眼，还是对静物盲视的青蛙眼睛，其基因都是极其相似的。再比如四肢基因，无论是鱼鳍（爬行动物正是一种四鳍鱼进化而来），是蜥蜴的四肢，还是高度灵活的人手，它们的生成基因也是非常类似的。连蛇类也是如此，尽管它们的四肢早已退化，但相应基因仍保留着。

黑蛋和英子听得瞪大眼睛，最终他们也信服了。

第三，所有动物的细胞核都是万能的，每个细胞核的 DNA 都包括了全身每个部件的信息，但它是否表现出来，以及成长为哪一个器官，则要按生物体的指令。

第四，21 世纪的基因技术早已发展到这种程度：科学家可以随心所欲地激发基因，让它活化，成为表现态，比如：让果蝇翅膀上长出一双眼睛，让螳螂身后再长出一双大刀，让每一片树叶都变成花朵，把北极鱼的耐寒基因移植到西红柿里……这些好像是魔术或法术的变换，在生物学家手里已可以随手拈来。

我们三人连声惊叹：真的吗？太神啦！太不可思议啦！

这四点讲清楚后，陈蛟说：

"当我在美国读完博士学位、熟练掌握上述技艺之后，我忽然产生了一个念头。你们知道，在国外，中国人常被称作龙的传人。龙的传说反映一个事实，那就是汉民族在蒙昧时期就有海纳百川的气概，龙图腾是各种动物图腾的集大成。如果我们今天能把传说中的龙变成实际存在的东西，应该是一件很有意义的工作。因为龙的诞生将是基因工程集大成式的进步，它不再是对动物个别器官的改良，而是按人们头脑中的蓝图去设计一种完整的生物。这在世界上还没有先例。我找留美同学何曼谈了这个想法，两人一拍即合——知道不？我找她合作，开始就存有奸心。"陈蛟狡猾地笑着说："你们评价一下，她漂亮不？"

我和黑蛋看看她，只是嘿嘿地笑，英子说："当然漂亮啦，何曼阿姨真漂亮！"

陈蛟说："我早对她有非分之想啦，可惜我的相貌登不得大雅之堂，不敢贸然向她求爱。后来借着这项研究，慢慢接近她，总算把她骗到手了。"

我们仔细对比这对夫妇，都承认他说得有道理。何曼的美貌是没说的，有一种公主般的气度。陈蛟的尊容比较老土，与她确实不大般配。不过这件事我们不大好表示意见——你不能当面贬低陈蛟的容貌吧。黑蛋老练地安慰道：

"您是谦虚。俗话说郎才女貌，何曼阿姨一定是看中了你的才华，你们俩很般配呢。"我和英子不禁对黑蛋刮目相看，他真是太成熟了，这话说得多得体！黑蛋很得意，继续发挥着："再比如我和龙崽（他是指我），模样都一般般吧，可漂亮的英子为啥看中龙崽呢，因为他比我聪明，学习比我好，这也是郎才女貌嘛。"

我和英子的脸霎时变成大红布。这个满嘴胡扯的黑蛋！其实我知道他说的也不是没一点儿因由，英子和我之间确实有那么一点儿朦胧的好感，是相互的。英子来找我玩，总是拉着黑蛋，但她的目光始终在我身上。看来黑蛋的眼睛里也是不揉沙子的，对此看得清清楚楚。今天黑蛋贸然扯掉了我们之间的一层蒙布，弄得我俩十分尴尬。何曼很是善解人意，为我们解了围，她咯咯笑着，用手指点着黑蛋的鼻子：

"你呀你！你怎么知道我的才能就不如陈蛟？你问问陈蛟，看他敢不敢说这句话！"

陈蛟诚心诚意地承认："对，何曼的才能丝毫不亚于我，在这个项目的研究中，她的贡献一点也不比我少。"何曼得意地朝我们扬扬下颏。"不过，创意可是我先提出来的，一个项目的成功，好的创意要占40%的功劳。你承认不？"

何曼对此没有表示异议。于是，陈蛟转回正题：

"创造一条自然界从没有过的龙——从基因工程学的水平来看没有问题，当然实际做起来困难重重。我们先去选定龙的各个器官的素材。其实，东汉学者王充早就为我们设计好啦，王充描述龙的形态'角像鹿，头如驼，眼如兔，颈如蛇，腹似蜃，鳞如鲤，爪似鹰，掌如虎，耳似牛'。因此，我们只用把上述动物相应器官的基因取来拼合就行了。我们重新选择的唯一器官……"

我忽然想起一件事，忙打断他的话头："陈叔叔，我有一个疑问。自然界的动物，其器官都是'用进废退'的，所以，在生物链中处于进攻一方的肉食动物，绝对不会长出用于防御的角。这是进化之路的必然，决不会出现一点例外。龙崽当然属于食肉类（我们见过它香甜地大吃牛肉），那么它长出龙角不是毫无用处吗？"

陈蛟看看我，真心地夸奖着："难怪黑蛋说你聪明，你一下子就点到一个关键问题。龙崽不是在自然界中进化出来的生灵，而是按照一个事先就有的图样设计出来的，它不遵守进化论的规律。龙角对它的生存没有任何用处，反倒是一个累赘，但我们不得不违心地保留它——否则，它就不是一条龙了，不是中国人心目中的龙了。对不对？"

我不由看看龙崽。它偎依在何曼的身边，安静地听我们聊天。它能不能完全听懂我们的交谈？我心中不免有一丝怆然。龙崽真可爱，可是，它不是自然界的生灵。如果把它放入山林，带着这对累赘的大角，它不一定能生存下去呢。陈蛟继续说：

"我们唯一重新选择的是龙的大脑，我们认为，这条龙应当有尽可能高的智力，所以我们选择了海豚和黑猩猩的成脑基因加以拼合。今天我敢说，我们的小龙崽是世界上最聪明的动物，它的智力与人类相比也相差无几。小龙崽，告诉客人，3乘4等于几？"

龙崽仰起头，莽哈莽哈地叫了12声，然后非常自信地看着我们。它的回答激起我们巨大的兴趣，兴高采烈地围着它，纷纷给它出题。对于这些初中范围以内的问题，龙崽全都能给出正确的回答。每次正确的回答都激起一片欢呼。陈蛟摆摆手，不在意地说：

"这只是雕虫小技，实际它的本领大着呢。"他递给龙崽一个特别的键盘，说，"龙崽，随便打几句话，向小客人表示欢迎。"

龙崽用龙爪熟练地敲着键盘，正厅的电脑屏幕上跳出一个个汉字：

"我叫龙崽，欢迎你们来这儿作客。我很聪明，你们愿意和我对话吗？"

它的本领真把我们震住了，陈蛟夸弄地说："怎么样？它的智力已超过 7 岁的人类儿童啦！有时候，我真不知道该用哪个代词来称呼它，是用宝盖头的它，还是用人字旁的他？"

我们听得如痴如醉，我脱口问道："既然这样，你为什么不干脆让它长出人的大脑呢？"

陈蛟抬头看看我，苦笑道："这位龙崽真是个大天才呀，今天专点我的麻筋，尽问关键问题。还是让何曼来回答吧。"

何曼为难地说："这是个很难回答的问题。按说，用人的大脑基因来拼合龙崽，并不是大逆不道的事。人和动物本来就是同源的，没有什么尊卑之分。不过……如果对此一点不加限制，难免会出现一些可怕的东西，像长着人脑袋的鳄鱼，长着巨蟒身体的人，等等。这是生物伦理学中无法解决的悖论。我们没能力回答它，只有暂时躲开它。"

黑蛋对我的纠缠很不满意，说："龙崽，你的天才问题等以后再问吧。"他对二人由衷地说："陈博士，何博士，你们创造出世界上第一条龙，你们真伟大！"英子也说："对，我们可不是拍马屁，你们真的很伟大！"

娃娃脸的陈博士高兴得合不拢嘴，但他谦虚地摆摆手："不，我们一点儿也不伟大，伟大的是造物主。你们知道吗？我俩满怀信心地投入这项研究，但在那颗拼合的细胞核开始正常分裂时，我和何曼反倒陷入彻底的自我怀疑中——我们能成功吗？不错，我们使用了正确的零件，使用了各种动物各种现有的器官，但这些器官能不能拼成一个整体的生物？它的大脑会不会指挥陌生的四肢？它会不会吃饭？会不会成长？有没有生存欲望？现在这些担心都烟消云散了，这说明，生物内部有一个天然正确的程序在自动谐调着各个器官之间的关系，这个程序究竟是如何工作的——我们还毫无所知。我们就像两个不知天高地厚的小孩子，试探着拼出一个电动玩具，一按电钮，它开始运转了，但对电学的深层机理却糊里糊涂。所以，"他再次感叹道："我们越深入了解自然，越是觉得造物主伟大。"

我们被他引入一种浓厚的宗教氛围中，在心中赞颂着造物主的大能，很久，我才难为情地问："陈博士……"

"别喊我陈博士，也别喊我们叔叔阿姨——我们没有这么老吧，尤其是何曼，肯定不乐意这个称呼，就喊我们哥哥和姐姐吧。"

我难为情地问："蛟哥，我有一点不明白，你们做出了这么伟大的成就，应该向世界宣布的。可是，你们为什么鬼鬼祟祟地——对不起，这个词儿不好听——躲在深山老林里，还故意在神龙庙装神弄鬼？"

陈蛟的脸唰地红了，看起来他比我更难为情。他看看何曼，何曼爽朗地说："这不怪他，是我的主意。其实，黑蛋应该知道我们这样干的动机。"

黑蛋茫然地说："我？我不知道呀！"

何曼姐姐说："你刚才已经讲了你们追踪神龙的原始动机，我们也是为了那个玩意儿——money，钱。要知道，用基因拼合来创造新的生物，这是孤独者的事业，因为大多数生物学家和生物伦理学家反对这样做，认为这样太危险，可能在世界上留下隐患。平心而论，他们的意见有其正确性。但我和陈蛟认为，尽管危险，总得有人做起来，而且要由那些富有责任感的人去做。这就像对电脑病毒的态度，有责任心的电脑专家绝不会去制造电脑病毒，但你总得去研究呀，否则一旦病毒肆虐，社会就束手无策了。基于这个看法，我和陈蛟不顾各种反对意见，推进着我们的研究。但是，这种研究无法得到官方的资金支持，我们的研究经费全部来自于私人积蓄，来自朋友和几家私人企业的支持。现在，我们欠了两千万元债务，已经举债无门，研究也停滞了，这还不说已欠下的债务也总得偿还。可惜这项研究基本上属于理论性的，没有多少商业价值……"

黑蛋性急地说："我知道了！你们是想在潜龙山先伪造出一个谜团，引起大伙儿的好奇心，再去卖照片！卖给外国大鼻子！"

两人不好意思地承认了："虽不像你说的那样简单，大致如此吧。我们想先让龙崽在一个偏远的山村亮相，培养出一种神秘感，让别人相信它来源于远古，是史前时代的遗物。然后把有关资料和照片卖给新闻界，也包括国外新闻界，随后在潜龙山搞一个大型的中国龙公园，就像侏罗纪公园那样。知道为什么选在潜龙山吗？一方面因为这里有丰厚的神话传说资源，再者我想给家乡办件好事。你想嘛！一旦这儿成了中国龙的藏身之地，该有多少游客来观光呀。英国的尼斯湖就成了旅游胜地，实际上尼斯湖怪兽全是新闻界吹出来的。如果我们向新闻界捅出一张货真价实的龙的照片……"

黑蛋得意地说："我们有龙崽的照片，前天晚上龙崽——我是指他——照的！"

陈蛟和何曼一下子傻眼了，你望望我，我望望你。他们知道，我们的照片一披露，两人精心炮制的发财计划就要泡汤了，至少打乱了他们的部署，何曼试探着问：

"你们……为龙崽拍照了？"

"对，我们原来只拍了一张，后来龙崽——我是指你们的龙崽——不答应，硬赖着我们又多拍了几张呢。"

"你们的照片——准备干什么？"

黑蛋老实地说："我已经说过了嘛，照片要拿来卖呀。"

我和英子都猜到蛟哥和曼姐的担心，便同声说："蛟哥，曼姐，我们的照片送给你们吧，本来嘛，龙崽是你们费多大气力研究出来的，如果这张照片能对你们经费有点帮助，我们就太高兴了！"

黑蛋也悟出其中的门道："对，我刚才说卖照片，就是为了你们的研究，卖的钱是你们的。"

两人很高兴，很感动，连声说"谢谢，谢谢"。我为了表示诚心，干脆把相机递给蛟哥，对他说胶卷还没冲洗，你去处理吧。

"谢谢，不过，"陈蛟若有所思地仰着头，"这样行不行？干脆由你们出面把消息捅给新闻界，小孩子的话记者们更相信，我们躲在幕后。"

"当然可以，我们很愿意为龙崽出力。"

陈蛟嗨嗨地窘笑着："这样是不是不大光彩？"

我们诚心诚意地安慰他："没关系的，干大事不拘小节，为了高尚的目的，可以采取一些不大高尚的手段。"

"那就这样，我将在近期通过朋友把消息捅给美国《国家地理》杂志——那是一家非常有名的杂志，肯为一则真实的独家消息出大价钱——让杂志的记者来找你们。那时你们只用照实情说就行了，只不过要暂且瞒住'龙崽是基因工程产物'这部分实话。"

"对，我们就说龙崽是土生土长，是黄帝时代那条应龙的后代，是潜龙山的老住户，老龙背村还有它的户口呢。"

"咱们先把一张真实的照片卖给他们，要价100万，然后再把一条活龙卖给他，要价1000万——这样合适吗？"他内疚地问何曼："把中国龙卖给外国人？"

我们也都觉得这件事有些棘手，感情上接受不了。如果说龙是华夏民族的象征，我们这样做，不是"汉奸的干活"吗？最后，陈蛟皱着眉头说："活龙不能卖给外国，光卖照片吧，只要能把这儿变成世界闻名的旅游胜地，资金会慢慢筹集到的。龙崽，黑蛋和英子，你们愿意出面吗？"

"行，我们愿意为这项研究出力。"

"那好，我立即通知美国的朋友——糟了，"他愧然说，"我们不该当着龙崽的面谈这些事。它的智力已经相当于七岁的孩子，我们不该在它纯洁的心灵上泼污水。"他抱愧地看看龙崽。龙崽拿大眼睛挨个瞅我们几个，然后在键盘上敲出一行字：

"我听懂了——这是高尚的谎话。"

一道欣慰的山泉流进我们的心田，不过龙崽随后又敲一行字："我知道，你们不会把我卖到外国的。"

我们都愣了，过一会儿，何曼过去搂着它的脑袋，两行热泪涌出来："不，我们不会卖你的，你放心。"我们也七嘴八舌地向龙崽保证：不会的，不会把你卖到外国，你尽管放心吧。龙崽莽哈莽哈叫了两声，表示满意。

第4章

牙牙学语

吃完早饭已是9点钟，黑蛋很自来熟地说："蛟哥，曼姐，午饭我们还在这儿吃啊，我们要好好陪龙崽玩一天。"何曼笑道："行啊行啊，龙崽太孤单了，巴不得你们陪它玩儿呢。"

英子说："曼姐，干脆把龙崽带回村，行不？我们保证让它玩得舒舒服服，吃得肚饱肠圆。"黑蛋说："对，我给它摸螃蟹，逮小鱼，让它改改口味。"我说："我给它讲故事，从古到今有关龙的传说，像大禹治水啦，柳毅传书啦，秃尾巴老李啦（注：这是一则原汁原味的汉族民间传说。一条白龙生于姓李的农家，出生后被其父当成妖怪剁掉尾巴，但其母偷偷把它养大。白龙上天后十分顾恤百姓，被乡亲昵称为秃尾巴老李。后来为保护百姓而与整个神界搏斗，壮烈牺牲），西游记上的白龙马啦。它一定爱听。"

两人只是笑，蛟哥说："我们十分感激你们对龙崽的情意，不过现在还不是它向外界露面的时候。咱们若想把潜龙山渲染成尼斯湖那样的神秘之地，就得让龙崽保持一定程度的神秘性。所以，我们一般只让它夜里出去。"

英子不满地说："那龙崽白天不成一个囚犯啦？多可怜呀。"曼姐解释说："白天我们也要带它出去玩的，但一般都在深山密林中，我们要造成'神龙见首不见尾'的神秘感。"

那么，我们就在这儿和龙崽玩吧。龙崽和我们已经十分熟稔，就如多年的好友。不过它最亲近的是花脸。也许，尽管龙崽有很高的智慧，它在内心里还是把自己定位为动物，与花脸有天然的亲近感。它俩无时无刻不厮混在一块儿，一会儿互相舔着，脖颈绕着脖颈；一会儿在打闹，花脸龇牙咧嘴地咬龙崽的尾巴，龙崽把尾巴摆到这边，它跳到这边咬；摆到那边，它跳到那边咬。龙崽调皮地一甩尾，把花脸甩个四脚朝天。花脸的自尊心受到打击，爬起来生气地吠叫着，龙崽赶快去舔舔它，两位又和好了。

我忽然想起那个疑问，问："蛟哥，龙崽是雌龙还是雄龙？是小男孩还是小姑娘？"

"你们猜猜看。"

我们仍然各自坚持原来的理由，我说，看它的调皮劲儿和它爱动爱玩的性格，还有它的一对大角，像是个小男孩。英子说，它那么漂亮温顺，像是个女孩。蛟哥问黑蛋，黑蛋抓了半天后脑勺，也没得出确定的意见。最后蛟哥说：

"英子猜对了，它是个小女孩，是一条又调皮又温顺的小雌龙，按说该叫它龙囡的。但它刚诞生时我们不能确定它的性别，就喊它龙崽，叫顺了，也就这样一直叫下来了。"

黑蛋说："这就好了，这就好区分了。蛟哥你知道不，我们原来一直为两人重名而头疼呢。现在，你，"他指指我，"就叫男龙崽，而你，"他指指龙崽，"就叫女龙崽。你说行不行？"

他问龙崽。那位女龙崽好像真的认可他的说法，向他点头，把我们都逗笑了。

中午，两位主人到洞的后部（那是他们的厨房）做饭，英子去帮忙，被两人赶回来："去去，哪有让客人动手的道理，你抓紧时间陪龙崽玩吧。"英子回来后小声说：厨房里食物很少，为了招待咱们，他们恐怕要罄其所有了。想想也不奇怪，这儿太偏僻，老乡也不多，他们又没有冰箱，采购食物一定很困难的。我溜到后边看看，他们正在盘点自己的库存：有 3 个咸鸡蛋，够孩子们吃了，有半箱可乐，再炒两个山野菜……我悄悄离开，回到前边，黑蛋英子看着我说：要不，咱们就别在这儿吃饭了。我想想，说："不，现在离开很不礼貌，中午咱们尽管放开肚子吃好啦，明天咱们给他们送点给养，家里没有，我可以让爹到镇里买。"

"对，不愧是大学生，办事有板有眼。就这么办！"

午饭是米饭，两盘山野菜，一个盘里放着3个咸鸡蛋。"你们吃吧，我和你蛟哥嫌它太咸。"曼姐说。我们装着糊涂问："是不是只剩下这3个了？"

"哪里哪里，食品柜里好多呢，不信你去看。"

我笑着说："不用去验证了。吃吧，不要亏了主人的一片心意。"黑蛋和英子明白我的意思，每人不客气地拿了一个，我把自己的那个递给龙崽："龙崽，我在神龙庙见过你剥鸡蛋，再来一次让我看看。"

龙崽用它坚硬的鹰爪艰难地抓牢鸡蛋，在地上磕着，又用爪尖剥蛋壳。它的动作仍十分笨拙，但不管怎样，它到底把鸡蛋剥出来了。我们三人一齐拍手叫好。龙崽把鸡蛋举到嘴边，想了想，又送给花脸，花脸却一点不知道谦让，一口吞下，满意地哼哼着。

我们笑着指责花脸："贪馋鬼！比比龙崽，看你多没家教！"花脸听不懂我们的批评，仰着脸看龙崽，它还想再吃一个呢。于是，黑蛋和英子都把已经剥好的鸡蛋塞给龙崽，龙

崽给花脸一个，自己留一个，两位都吃得十分香甜。

喝可乐时，我还让龙崽表演了开瓶，它用坚硬的右爪努力抓牢可乐瓶，用左爪的一个指尖艰难地勾住拉环，用力一拉，拉开了，我们三人又是一阵鼓掌。别看它笨手笨脚，可它是动物呀，如果让花脸学开可乐，保准一辈子也学不会。龙崽把可乐倒在盘子里，不过花脸不喜欢这玩意儿，舔了一口，立即喷着鼻子躲开了。

看着龙崽的举止，我很难克服自己的错觉：它完全是一个人，是一个好心眼的小姐姐，只不过披了一张龙的外衣。它的智慧绝对已经超出动物的范畴，虽然它和花脸很亲密，但两者的智慧根本不在同一个数量级。

我不由叹息一声。陈蛟笑着问："叹息什么，饭菜不如意吗？"

"不是。我喜欢龙崽，也可怜它。它这么聪明，可惜没有爹妈——你们最多只能算作它的半个父母吧。也没有兄弟姊妹，在这个世上孤孤单单一个人，将来到哪里去找配偶呢？"

陈蛟和何曼互相看看，笑道："放心吧，它很快就会有兄弟姊妹，将来也不愁没有配偶。至于父母，这点没法子可想，它永远不会有真正的父母，我们就权当它的父母吧。"

我点点头，心中仍然怏怏不乐。为什么不高兴？我自己也说不清楚。我的直觉感受到一些深层次的矛盾，但我中学生的逻辑能力不足以把它明朗化、条理化。我只是觉得,龙崽,这个自然界中第一次出现的生物,它的生命之路中有太多不确定的东西。它将生活在什么地方?在深山密林,在动物园,还是人类家庭中?以它的智慧,让它按动物的层次生活,未免太狠心,可是让它作为人类的一分子,似乎也不可能……

我摇摇头,摆脱这些缠人的思绪。总有办法吧,车到山前必有路。上帝创造了万物,但上帝已退休了,现在,人类已造出无数自然界没有的生物或生命形式:骡子、金鱼、虎狮、克隆羊、试管婴儿、克隆人……所有这些,总归要找到自己在自然界的合适位置。

下午 4 点钟,蛟哥催我们回家,说,还有这么远的山路,再不走就要赶夜路了。我们恋恋不舍地同龙崽告别,蛟哥嘱咐:"记着,回村后尽管为龙崽扬名,越轰动越好。只是不要说龙崽的来源,不要透露我们这个住处。"

我说:"你尽管放心吧,这是黑蛋的强项,没有的事他都能吹出来,何况是真有其事呢。他一定能考证出龙崽是应龙的几十代玄孙,还会发誓说他亲眼见过神龙腾云驾雾,耕云布雨。在黑蛋心里,神龙本来就该是法力无边的,龙崽这么平常,他早就觉得不过瘾了。"

黑蛋嘿嘿地笑着,并不反驳。蛟哥和曼姐说:"适当的夸张是必要的，尤其是在目前的造势阶段。但也不能太离谱。说到底，我们是科学家和有知识的学生，不是靠装神弄鬼唬钱的巫婆神汉。"我们笑着答应了。

七扯八扯，太阳已在西边的山尖沉落，我们告别这三位，走过山凹。回头望去，蛟哥、曼姐还在向我们招手，龙崽用后腿蹲坐在地上，就像一只守门的石狮。花脸特别地恋恋不舍，朝着那三个黑影响亮地吠着，我们听到龙崽也在"莽哈莽哈"地回应。

我们赶到村口，暮色苍茫中，看见几个女人在路边闲聊，一边探着脑袋张望，是我娘、黑蛋娘和英子娘。看见我们，我娘高兴地说：

"跑哪儿野去了？你个小鳖羔子，还有你俩小鳖羔子，两天不见你们的人影！"又转回头对另外两人说，"没事吧，我说过没事的。都是大孩子了，办事会有分寸的。"

我把黑蛋推到前边，小声说：去吧，该你唱主角了。黑蛋毫不谦让，走上前清清嗓子说："娘，两位婶婶，我们是去龙穴探险，我们见到神龙了！"

"真的？真的？"三个大人都很激动，尽管两个月来关于神龙的传说早已流传遐迩，但真正见过的人并不多，她们三个就没亲眼见过。她们七嘴八舌地问："真的见到了？陈老三说的话都是真的？"

"对，亲眼见到了，绝对没假。不过，这条神龙并不是应龙本人，是它的 20 代玄孙（我立即在心中推算，6000 年前的应龙，20 代玄孙，每一代有 300 年，龙的寿命是比人长多了），是一条可爱的小龙崽。我们和它玩了很长时间，还摸了它的脑袋……"

英子娘担心地问："摸它的脑袋？黑蛋，你可不要以下犯上。虽说它是条小龙崽，也是神哪。"

黑蛋嘻嘻地说："没事，我们摸它它还很乐意呢。我们还喂它吃了五香牛肉和烙饼……"

黑蛋娘生气地说："黑蛋，不许没大没小！对神龙怎么能说'喂'呢，只能说你向它上供，它享用了。"

我惊奇地看看黑蛋娘，一个没什么文化的山村农妇竟然知道周公之礼，真令人佩服！黑蛋很随和地说："行，那就说是我们向它上了供，它享用了。这位神龙很现代、很前卫的，什么现代食品都吃，五香牛肉，可口可乐，咸鸭蛋……它喝可乐会拉开盖上的铝环，吃鸡蛋还会剥皮呢。这些都是我们亲眼见的。"

"哟，陈老三真的没说谎，真的没说谎！龙崽娘，你们当家的冤枉他了嘛。"

我娘有点难为情，低声咕哝道："他是当干部的，党员，不兴信这一套的……我回去数落他。"

三个当娘的分别领着自己的儿女回家了。爹正趴在电脑前学打字，手忙脚乱的，比龙崽的鹰爪还笨。见我回来，随意撂一句："这两天野哪儿了？赶紧吃饭，吃完教我打电脑。"

我在厨房吃饭，听堂屋里娘叽里咕噜地讲着神龙的事，还听她埋怨爹："那么多人都见了神龙，连咱家龙崽都见了，你还不信吗？乡亲们都迷信，就你能？"少顷，爹满脸疑惑地过来，劈头就问：

"你真的见到了神龙？摸过它，喂过它？"

我知道对爹不能像黑蛋那样吹牛，笑着说："爹，别着急，坐下听我慢慢说。没错，龙崽我们是亲眼见了，也摸了，也喂了。不过，它不是神龙，不会呼风唤雨，腾云驾雾，也不是什么应龙的 20 代玄孙。它——只是一条普普通通的动物，但它是世界上唯一的龙，就是我们传说中的龙，这点儿没假。"

爹怀疑地说："不是一条恐龙吧。"

"不是，绝对不是。它是一条中国龙，模样与九龙壁上的龙完全一样。"

爹大惑不解，喃喃自语："这就怪了，这就怪了。按说，龙只是神话……"

我心里想，爹呀，对不起了，为了我们和蛟哥、曼姐的计划，只能瞒你几天。我说："爹，先不管这条龙的来历，既然它来到潜龙山，对我们是大大的好事呀。你想，如果全世界都知道这儿有一条真正的中国龙……"我把我们的设想尽情吹嘘一番。"潜龙山以后就要靠旅游吃饭了。你没忘吧，上次何叔也建议你发展旅游呢。"

爹迟疑地说："那敢情好，只是……"

爹没说出他的担心，不过我知道他是怕迷信之风也会随之高涨。其后的事应验了他的担心——我们三个的宣传给村民带来极大的震动，即使原来对陈老三抱着怀疑的，这会也都信了，全村掀起一股空前的"神龙热"。陈老三对我们感激涕零，逢人便说：

"我说我亲眼见过神龙！我说我亲眼见过神龙剥鸡蛋皮！有人偏说我造谣，如今你们问问黑蛋、英子和龙崽，我到底是不是造谣！龙崽还是大学生哩，还是贾村长的儿子哩。"

路上与陈老三见面，他对我特别客气，特别尊敬，说话时垂着手，半侧着身子。我在心中揶揄道：看来我们都沾了龙崽的光，也都成半仙之体啦！

向黑龙庙进香的人潮水一般，其中有百里之外的人。后来我去黑龙庙看过，祭坛上的供品比前几天丰富多了，有真空包装的南京板鸭、道口烧鸡、咸鸭蛋、山核桃、板栗、五香猪手、银鱼罐头、可口可乐（人们肯定听说了龙崽爱喝美国可乐的嗜好）……对乡亲们这些破费，我们倒没有于心不安，这是让龙崽吃的呀。多可爱的龙崽，即使乡亲们将来知道真相——知道它不是法力无边的神龙，也会心甘情愿把好东西给它吃的。

至于乡亲们的磕头礼拜、虔诚许愿，我心里不是滋味。中国老百姓的膝盖怎么这么容易弯呢，他们干嘛非要臆造出某个供他们跪拜的神物呢？不过，我在心里安慰自己，毕竟有关神龙的盖子不会捂得太久，只要我们把龙崽的身世一公开，看陈老三该多狼狈吧。那时乡亲们就不会相信神灵而信仰科学了。

在对神龙的崇拜潮中，只有我爹不跟风。他总是恼火地看着进香的人流。他无法阻止和批评他们，现在还会有谁信他的话？连他儿子都证实了神龙的存在。而且，以我爹的知识水平，他又不可能猜到龙崽的生命来源于科学，来源于基因技术。但尽管这样，他坚决不参加到这个潮流中，暗地里坚持着自己对"神龙"的怀疑。说实话，我对爹开始有点儿佩服了。

两天后，我们给蛟哥他们一家三口送给养：一箱鸡蛋，一箱龙须面，一件非常可乐，是我爹从镇上买的。我、黑蛋和英子每人扛一箱，连花脸的脖子上也吊着一袋牛奶软糖。

既然它是龙崽的好朋友，它也该出点力么。山路不好走，尤其是过阎王背，我们是爬过去的，三个都气喘吁吁。马上就到那个洞口了，花脸急不可耐地冲过去，我们也加快脚步。三天没见到龙崽，我们已经想得不行了。

栅栏门虚掩着，花脸用嘴巴推开门进去，欢快地叫唤着。可是它很快就满脸懊丧地返回了。很遗憾，三位朋友都不在家，看来陈蛟夫妇带龙崽出去放风了。我们把食物放到厨房里，发现他们也新购了一批食物，这是他们去镇上买的，还是什么人送来的？

不见龙崽就走，未免心有不甘。我们等了很久，他们还是没回来，我们只好快快地离开。花脸还是像上次那样，时时扭回头，对后面的洞口恋恋不舍地吠叫着，直到夜色渐渐把洞口淹没。

此后两天我们没再去那儿。黑蛋和英子开始忙起来，我也想趁这几天把暑假作业赶完，这是我的老习惯，赶完作业，以后玩起来就没有负担了。爹的小竹编厂就在屋后不远，依着山坡建一个工棚。闲暇时我也常去帮他们干活。黑蛋正在破篾丝，动作十分潇洒，一把篾刀从容地前进着，长长的篾丝在他身后飘动，就如一条天矫多变的青龙。我夸他能干，黑蛋老老实实地说，其实他只是干粗活的，只能破篾丝和编个背篓簸箕。英子才是干细活的，编一些鱼啦虾啦小松鼠啦，编什么像什么，你爹开给她的工资比我高多啦（这句话是贴着耳朵说的）。不过黑蛋大度地说，我一点儿也不嫉妒，谁让咱艺不如人呢。

我去看英子干活，她正在编一只小松鼠，灵巧的十指疾速地翻飞着，篾丝在她手里变成有生命的东西，慢慢地，小松鼠的脑袋定型了，身体出来了，一条毛茸茸的大尾巴也伸出来。我真心称赞着：

"英子，你真巧！上学时没发现你有这种天才呀。"

英子微微笑着，把最后的篾丝头插进去："给，这个给你吧。"

我接过来，向她建议，你照我家花脸的模样编出一条狗，送给龙崽做礼物，它不是最喜欢花脸嘛。英子答应了。

工棚里的根柱伯告诉我，他昨天去神龙庙上了贡，不过没见着龙崽。根柱伯问我，神龙什么时候驾临庙里？我说，一般是晚上两点到三点。如果你想见到它，就得守上一夜。根柱伯说：行，明天就守一夜，我真想亲眼见见神龙是什么样子。他又问：

"这么说，老神龙——就是黄帝手下的应龙——真的不在了？"

黑蛋抢着说："当然不在了，龙的寿命虽然长，也就是

500年，并不能长生不老呀。长生不老的龙是不存在的。"

根柱伯有点儿失望，但也表示信服。这两天，黑蛋成了龙专家，有关龙的一切没有他不知道的。像什么龙的心是凉的，人的心是热的；龙能活500年，人能活100年（以上资料实际来源于一则神话故事：《龙女与三郎》）。还有，凡龙要想成仙，必须揭去龙鳞，但揭龙鳞可是一道生死关，就看这条龙有没有勇气和福分了。还有什么渭龙清，泾龙浊，洞庭龙宽慈，钱塘龙性如烈火，等等。我知道他是尽量为"神龙出山"造势，但有时我不得不抢白他。我说你消停一点吧，你的那些知识都是垃圾，自相矛盾，胡吹冒撂。再沿这条路滑下去，得先拿你开刀，破除迷信啦。黑蛋嘿嘿地笑着说，你别介意，自从见到龙崽后，我已经知道龙不存在，咱们小学的那次争论确实是我输了。我吹这些，是和那些还相信神龙的乡亲们开个玩笑。

我们商定第二天再去山洞一趟，算算已经有6天没见我们的龙崽啦，再不去，我们（包括花脸）就要得相思病了。

晚上爹不在家，又出山去联系业务。我想还是应该利用现代化工具，就把竹编厂的生产品种、价格、交货期、我家电话等编成一条消息，在网上发出去。我还准备哪天去找蛟哥，让他把这些资料翻译成英文，发布到国外。对了，蛟哥说要在网上把神龙的消息发到国外，不知道发了没有？后来我睡了，做了一个乱七八糟的梦，事后想起来都脸红。我敢说，我从来没有动过这些坏念头，它们怎么会进入我的梦境呢？我想都是怪黑蛋，是他那些乌七八糟的"龙知识"影响了我。

我梦见自己变成王三郎，就是神话传说"龙女与三郎"中的主人公，带着花脸来到龙宫，给美丽的龙女吹笛子。龙王发现龙女喜欢上三郎（就是我），勃然大怒，说，用我的龙须把穷光蛋的嘴巴缝上，看他还能不能吹笛子！龙女的保姆墨鱼精劝龙女：别跟那个凡人啦，龙的心是凉的，凡人的心是热的；龙能活500年，凡人只能活100年。龙女说，再不救他，他连三天都活不了啦，还说什么100年500年……龙女派墨鱼精保姆把我救出来，抽掉我嘴上的龙须，然后龙女（她长得像英子）温柔地吻我，花脸高兴地乱吠……

确实有谁在吻我，我醒了，一条大舌头轻轻舔着我的脸，一只枝枝桠桠的大脑袋映着门洞里射进来的月光。是龙崽！花脸乐疯了，前前后后地窜着跳着吠着。我一下子抱住它的脖子，惊喜地喊：龙崽！龙崽！你怎么来了？蛟哥曼姐不是不让你出山吗？他俩也来了吗？

娘从门外探进脑袋，她一定是听见了这屋里的动静。我喊，娘，这就是龙崽，它来咱家串门哩。娘惊得眼珠子都掉出来，大张着嘴，定定地看着它。龙崽很有礼貌地对女主人莽哈一声。娘紧张地小声问我：用不用磕头？见神龙该磕头的呀。我恼火地说：磕什么头呀，这是我的好朋友，就像是你的侄女，它该对你磕头才是。你只用把好吃的东西拿来就行了。娘忙去搜罗一堆，都是原来给我准备的，有萨其玛、怪味豆、五香驴肉等，放到龙崽面前。龙崽的大眼睛闪动着，再次很有礼貌地叫一声。

娘在龙崽面前还是很紧张，要知道，这可是山民们世世代代朝拜的神龙啊。而现在，这条神龙正同儿子和猎犬亲昵。她立在门口，仍有些手足无措的样子，我只好说："娘，你去睡吧，我和龙崽玩一会儿。"娘松口气，忙退出我们的房间。我接着问龙崽：

"你是不是一个人来的？知道吗，三天前我给你们送去很多好吃的东西，黑蛋英子和花脸都去了，可惜你们不在家。今天晚上我们刚商量好要去看你呢。我真想你，你想我们不？"

在我连珠炮的追问中，龙崽只是安静地吃着食物，只是时时伸出舌头舔我一下。我叹道："聪明伶俐的龙崽呀，可惜你不会说话，要能说话该多好。"

这时龙崽的表情有一个明显的变化，它停止咀嚼，定定地看我，看得我心里纳闷。我耐心地说："龙崽，你是不是有什么话想告诉我？你能听懂我的话吗？"

龙崽看着我，嘴巴翕动着，喉咙里发出三个音节。再看看我，把这三音节重复一遍。等到它重复第三遍时我恍然大悟——我的心怦怦跳着，不敢相信自己的揣测，小心地问：

"龙崽，你是在同我说话，对不对？"

龙崽点点头。

"你再说一遍，慢慢说，不要急。好吗？"

龙崽再次重复一遍，这次我完全听清了，它是在说："我说话。"喉音很重，音节单调，辨听起来比较困难，但我想自己没有听错。我问："你是说，我——说——话，对不？"

龙崽眼睛中亮光闪烁，高兴地点头。

"你说'我说话'，是说你要说话，还是说你已经会说话？"

龙崽的回答仍是三个音节："我说话。"

我不再追究，也许它还不能领会精微的字义，现在最重要的是它会说话！虽然语言能力还很差，像一个两岁的人类孩子，但这已经很伟大了！我耐心地教它：

"我再教你说别的话，好吗？来，先说你的名字：龙崽。"

"龙——崽。"

"再说我的名字：龙崽。"

"龙——崽。"它又加一句，"两个龙崽。"

我笑了："对，两个龙崽，咱们很有缘分，对不对？再说你的父母的名字——至少他们算是你的半个父母吧：陈蛟，何曼。"

"陈蛟，何曼。"

这两次它的发音很准，估计蛟哥、曼姐对这些名字已经进行过多次训练。我指指在它旁边撒欢的花脸，"再说它的名字，花脸。"

"花——脸。"它想想又补充一句，"我最好的朋友。"

"你说什么？"

"最好的朋友。"

这句话让我吃醋了："最好的朋友？那我呢，黑蛋、英子呢？"

龙崽难为情地看着我，瞪大眼睛思考着，最后赧然低下头。我笑着拍拍它的头，不再难为它。其实我知道它的意思，它的智慧已经接近于人类，但它还是把自己归于动物一类，放在人类之下。这样，它看我们时带着仰视的目光，所以没把我们归入"朋友"一类。这种想法比较纡曲，别说它的小脑瓜了，就是我也不一定能表达清楚。我说：

"行啦行啦，花脸是你最好的朋友，我们三个也是你最好的朋友。对不对？"

龙崽喜悦地点点头。

我们的对话已超过花脸的理解力，它这会儿一动不动，尾巴高高翘着，仔细辨听我们的谈话。龙崽嘴里发出"花脸"

这个词时，它习惯性地摇摇尾巴，但马上意识到这不是主人在召唤，而是一个动物同类发出的声音，于是疑惑地盯着龙崽的嘴。龙崽调皮地唤一声，再唤一声，花脸的尾巴摇个不停，它的狗眼也越来越惊异。我想，也许花脸正在对"龙崽说人话"这件不合常规的事进行认真的思索，不过，看来，以它的智力不可能得出答案了。

龙崽用它聪慧的大眼睛看着我。它会说话，我们能在更高的层次上互相理解了，我真想这会儿就把黑蛋和英子喊来，让他们分享这个好消息。我开始穿衣下床，娘听到动静，过来问清我想干啥，说：

"你这孩子，不看看几点了？深更半夜的，搅得全村不安生。明天再去吧，明天吧。"

我兴奋地说："你不知道，龙崽会说话！"

没想到娘一点儿也不惊奇，咕哝道："有啥奇怪？仙家哪有不会说话的，龙要是不会说话，柳毅和龙女咋谈情说爱？"

原来在她的心目中，龙崽仍是个法力无边的神龙，是仙家。当龙崽一直用仰视的目光看人类时，我娘（及许多乡亲）却在用仰视的目光看龙崽。娘对龙崽非常敬畏，连带地对龙崽的同伴——她儿子——也多了份敬重。她轻声细语地劝我睡觉，然后轻轻拉上门走了。

龙崽和花脸安静地卧在我床下，我和它们有一搭没一搭地说着话，慢慢进入蒙眬。我想蛟哥和曼姐太不仗义，这么好的消息，为什么一直瞒着我们？如果潜龙山出了条真龙，还是一条会说话的龙，那不是更轰动吗？我还要教它说外语，等外国大鼻子来参观时，龙崽会说："古的拜！""莎扬娜拉（日语再见）！""达斯维达尼亚！（俄语再见）"

可他们为什么一直瞒着我们呢？我们在他家玩了一整天，龙崽没有露出一句人话，可见他们事先下过禁令，不过到我家后，龙崽把禁令忘了——它毕竟是个孩子嘛。为什么蛟哥要隐瞒呢？在半睡半醒的蒙眬中，我忽然猜到一个原因，我想这个原因不会错的：

龙崽是用多种动物的基因拼成的，但如果想让它有语言能力，则这些基因中必然包含一种特定生物的基因：人。人是这个星球上唯一进化到具有语言能力的动物。而且，恐怕不仅仅牵涉到声带，语言是由人脑中一个特定区域管理的，这么说，龙崽的脑基因中可能也含有人类基因……

而蛟哥和曼姐一直说，为了避免引起社会的反对，他们一直没有使用人类基因。

我想起他们讲过的那个悖论：人类和动物基因的混合并不是大逆不道的事，因为人类本来就来源于动物，人类和黑猩猩的基因相似度高达98％。但"人兽杂交"确实又是个令人恐怖的字眼，因为，若对此没一点儿限制，迟早会出现狼人、鳄鱼人等怪胎。这是个两难的问题，现今人类的智慧还回答不了，只有等历史来裁定了。

我听这番话时糊里糊涂，这会儿回想起来，对它的理解又加深一层。但不管怎样，看来蛟哥和曼姐已悄悄越过这道界限，非常小心，非常谨慎，但毕竟是迈过去了。只是，他们对外面一直谨慎地保守着这个秘密。

我想了想，决定把这个秘密沤到肚里，谁也不说，对黑蛋和英子也不说。他们都是龙崽的铁杆朋友，但他俩不一定能理解这些深层次的观点。我不想让蛟哥和曼姐再应对更大的外界压力。

对，就这样。我伸手拍拍龙崽的脑袋，拍了个空，它已经走了。隔着窗户，我看见一龙一犬的身影在院外的山坡上依偎着。少顷，花脸轻快地跑回来，没再到我屋里，径自回它的狗窝里睡了。

第二天一大早，我把黑蛋和英子从床上拽起来。我敲黑蛋脑袋时，他恼火地说："现在才几点？你这个游手好闲的家伙，别忘了我是工人阶级了，今天还要上班呢。"我说，我要宣布和龙崽有关的一条重大消息，你爱来不来。很快，黑蛋和英子睡眼惺忪地出来了，英子还没梳妆，头发乱蓬蓬的，见我在看她，难为情地用五齿梳（手指）在头上胡乱梳了梳。

我说，你们二位去溪边洗洗脸，清醒清醒，我真的有大消息。

一会儿两人过来了，急切地望着我。我不会把"人类基因"的秘密泄露给他们，但"龙崽会说话"这件事是瞒不了人的，我也不想瞒。我说："第一条消息，龙崽昨晚到我家串门了，今早才走。"

两双眼睛眨巴眨巴地看着我，等确定我不是在开玩笑，立时像热油锅撒了一把盐粒，两人嚷起来："为啥不喊我去！""蛟哥和曼姐不是不许它出来吗？""哼，它为啥上你家不上我家，龙崽偏心眼！"

我笑着说："关于这点请不必吃醋，龙崽来我家是冲着花脸的，它亲口告诉我，花脸是它最好的朋友。当然我们也是它的朋友啦，但档次是排在花脸之后的。"

"它亲口告诉你的？"

"对，这正是我要宣布的第二项重大消息，龙崽会说话！"

这次，那两双眼睛眨巴得更快，随之的爆炸也更猛烈："真的？""它真的会说话？""你一定是开玩笑！"

我把昨晚的情形复述一遍，他们马上相信了。黑蛋说："对，它当然会说话，它多聪明啊，光那双大眼就会说话。"

英子说："我想起来了，在神龙庙第一次碰上它，咱们喂它吃五香牛肉时，它就曾经呜哩哇啦说过一阵，肯定那时它就在说话，可惜咱没听懂。"

黑蛋越想越生气："龙崽，这么好的消息，为什么昨晚不喊我们？"

我歉然说："我确实打算去叫你们的，被我娘拦住了。"

"它今晚还会来吗？"

"我不知道。我想——它还会来吧。"

"那好，今晚咱们守它一夜，我要亲耳听它说话。"

英子说："还要给它带好吃的东西。"

"好吧，晚上 10 点钟聚到我家等它。"

晚上，两人早早来到我家，每人拎一大包小吃，他们一定把家里打牙祭的东西全搜罗来了。我们围坐在床上聊天，一边竖着耳朵听外面的动静。花脸卧在床下，也常常突然抬头倾听着，它也在等候着自己的朋友。闲谈中黑蛋一个劲儿追问：龙崽怎么会说话，它有人的声带还是鹦鹉的舌头？我知道再往下追一步，他也会怀疑到龙崽身上是否掺杂了人类基因，忙把话头扯开。

时间一分一秒地过去了，连英子也着急了，不停地喃喃自语："它今晚会来吗？会来吗？"我心里也没一点数，因为龙崽昨晚走时并没有同我约定。

月影在窗台上悄悄移动，皂角树在夜风中簌簌作响。我们的眼皮已经变涩了，忽然花脸跳起来，喉咙里狂喜地唧唧着，向门外冲去。片刻之后，一个硕大的龙头出现在门扇的光影中，我们一跃而起，团团围住龙崽：

"龙崽，你可来了！"

"龙崽，我们给你带来很多小吃！"

"龙崽你会说话？说一句让我听听！"

龙崽用脑袋把我们挨个蹭一遍，笑眯眯地说："都是好朋友。"它想了想，又加一句："最好的。"

它的话仍然哇里哇啦的，像是爪哇话。不过，不用我翻译，黑蛋和英子都听懂了，乐得不知高低。我说怎么样，我没吹牛吧。黑蛋英子都说：是真的，它真的会说话！让它再说几句，说呀。娘听到这边的动静，悄悄过来，手扶门框看了一会儿，又悄悄退回去。闹腾一阵，我说："好，静一静，不要七嘴八舌地吵。龙崽会说话，但它说得还不好，咱们得教它。你说对不对，龙崽？"

龙崽使劲点头。我们公推英子做教师，因为她的普通话说得最好。英子问："龙崽，你叫什么名字？"

黑蛋说："你这不是废话嘛，它当然叫龙崽啦。"

英子说："不，我是想问它的大名。"

龙崽迷惑地看着她，看来它不知道什么是"大名"。它老老实实地说："我叫龙崽。"

"你几岁啦？"

黑蛋忙解释："知道什么叫'岁数'吗？就是说你打生下来到现在，一共活了几年。"

　　"我懂。我两岁。"

　　"才两岁！两岁就长这么大的个子，懂这么多的事。真不简单！你家在哪里？"

　　龙崽想了想："一栋大楼，好多的水。"

　　"好多的水……你是住在一个岛上？"

　　龙崽摇摇头："我不知道什么是岛。"

　　"那儿有你的兄弟姊妹吗？"

　　不知道为什么，这个问题改变了它的情绪，它难过地低下头，不作回答。我小声埋怨英子不该问这个问题："它当然没有兄弟姊妹，它多难过呀。"

　　我们赶紧把话头扯开，教它说别的话：在岛上是谁教你学说话？是谁教你算算术、敲键盘？你会唱歌吗……那时我们都没想到，龙崽刚才的难过是有原因的。

第5章

善焉恶焉

　　我们对龙崽那次的情绪转变印象很深。不久我们就知道，这其实是一个转折点。此前，在我们同龙崽及龙崽父母的交往中，充满诗情画意，纯洁透明，其乐融融，一派伊甸园的气氛。但那晚之后，生活的另一面——阴暗——开始悄悄把一只爪子伸进来了。

　　那晚我们和龙崽闹了半夜，都困了，但黑蛋和英子坚决不回家，于是我们就横七竖八地挤在我的床上，准备眯一会儿。正在这时，龙崽忽然浑身一震，抬起头，向外倾听着，随即唰的一声窜出去了。花脸着急地叫着，跟着它窜出去，我们三个也一齐跳下床，站在院里向远处眺望。龙崽干什么去了？是不是听到蛟哥、曼姐的召唤？但是按常理它该给我们告别一声呀。

少顷，花脸快快地回来，不知道是没追上，还是龙崽把它赶回来了。我们没有多想，回屋睡觉。大约一个小时后，突然听到花脸愤怒的叫声。我们都没睡熟，立即醒了，一齐跳下来，跑到门口。门口的情景让我们大惑不解，龙崽正蹲在门口，显然想进来，而花脸却狂怒地上蹿下跳，恶狠狠地吠着，一副苦大仇深的样子。我喝道：

"花脸你叫什么！这是龙崽，你最好的朋友呀。"

黑蛋困惑地问："花脸你怎么翻脸不认人啦，是不是刚才你们在外面吵架了？"

龙崽尴尬地蹲在门口，进也不是退也不是。英子忽然扯扯我的胳膊，朝龙崽嗅嗅鼻子。我也闻见了，龙崽身上飘过来相当明显的异臭。我恍然大悟，难怪花脸不认龙崽。书上说，每种生物都有一种最强势的感官，它们对外界事物的判定，一般是以强势感官的信息为准的。比如人的强势感官是视觉，当你看到一个熟识的相貌，即使这人声音不像，或者身上有异味，你仍然会毫不犹豫地做出"这是王老三"的判断。而狗最强势的感官是嗅觉，它相信嗅觉要远远超过相信眼睛。所以，尽管龙崽的模样一点儿没变，但它身上这会儿的臭味足以让花脸判定其为"陌生者"。我笑着骂花脸：

"花脸花脸，别犯傻了，这是龙崽呀，出去解大便，身上沾了点臭味，你就翻脸不认人，真是狗眼看人低。"

花脸也不会没有一点儿困惑——至少龙崽的相貌是熟悉的呀，但它仍遵从狗的本能，不屈不挠地狂吠着。我想龙崽一定会生气的，它对这条蛮不讲理的狗朋友要勃然大怒了。但很奇怪，龙崽反倒有点理屈的模样，低声莽哈一声，算是告别，转身向山林跑去。

我们高声喊它，挽留它，但没能留住它的脚步。回到院子里我们一齐训斥花脸，看你，怎么搞的，把龙崽气跑啦！龙崽一定不会再理你了，也不会来这儿串门了，都怪你！你还是龙崽最好的朋友呢。花脸委屈地唧唧着，显然很不服气。

龙崽走了，黑蛋和英子也回家睡觉了。我躺到床上，眼前总是晃动着龙崽的最后一瞥：尴尬，理屈。我想不通这是为什么。而且，奇怪的是，一种不安的氛围在我周围浮动着，我不知道是什么引起我的不安，但一定有什么东西。到底是为什么呢？我突然想起，龙崽身上的臭味很熟悉，我在山路上曾两次闻到过，第一次是放假回家那天，第二次是和黑蛋英子去黑龙潭那天。而且——那臭味当时还伴随着一种阴森森的杀气。

我突然从床上坐起来，感到背后发凉。莫非那晚跟踪我很久的所谓"猛兽"就是龙崽？那天模模糊糊看到的大脑袋，细长的腰身，和龙崽是很像的。如果真的是它……我在心里为它辩解着：实际上那个跟踪者的"凶恶"只是我的想象，它跟我那么久，并没向我进攻呀。它也许只是想和我认识，想和我开玩笑吧。

不过，我的直觉不相信我自己的辩解，因为那个跟踪者的敌意是明显的。我不愿相信龙崽就是那个跟踪者，只是……它身上的臭味是从哪儿来的，为什么时有时无？

晚上没睡好，早上我睡得很死，但一个忽高忽低的声音顽强地挤进我的梦乡。我强睁开眼睛，听见是根柱婶的大嗓门：

"……把我的猪娃咬死了，羊娃咬死了，不吃，摆到大门口，这不是明摆着欺负人么，村长得管管。"

娘说："龙崽他爹到县里去了，今儿个能赶回来。不过，你们肯定看错了，不是龙崽。"

"肯定没看错，枝枝桠桠的龙角，长身子，身上发出很怪的臭味……"

"肯定看错了，龙崽昨晚一直在我家呢，和我家龙崽、黑蛋和英子在一块儿玩。它是条善龙，仁义着呢，和几个孩子们玩得可热乎。龙崽，龙崽！你来告诉你婶。"

我很勉强地走到她们跟前。我真不愿说龙崽的坏话，但我自小没有学过说谎，何况，根柱婶的一句话霍霍地扎着我的神经：很怪的臭味。昨天龙崽回来时确实带着臭味！我低声说：

"昨晚我、黑蛋和英子确实和龙崽在一块儿，不过……它在大概 4 点钟时出去了一会儿，5 点钟才回来。"

根柱婶叫起来："就是这个时辰！不光是我家，好多家的猪娃、羊娃都被咬死了，怎么，你家没有？"

娘说没有，我家的畜禽都是好好的。娘说这话时透着理屈，根柱婶拖长声音噢了一声，什么也没说，不过这含意深长的一声足以让我娘和我脸红了。

爹不在家，我只好代他去村里巡查一番。没错，几乎家家都遭了害，猪娃，羊娃，母鸡，被咬死的畜禽摆在各家正门口，明摆着是一种挑衅和威胁。根柱伯原是神龙的虔诚信徒，这会儿也免不了有一些腹诽。他吭吭哧哧地说：

"神龙想吃一两只活物也没啥，过去给神龙上供，都是猪牛羊三牲呢。可它干嘛……龙崽，听说你和神龙最熟，能不能问问神龙，是不是咱村里谁得罪它啦？是不是嫌咱们的供品太薄？"

我只有苦笑，没法子回答。访遍全村，只有我家、黑蛋和英子家没有遭害，而各家的描述是绝对一致的：肯定是龙，不是豹子山猪什么的，有四五家亲眼见到它作案，其他人也都闻见了它留下的异臭。对龙崽的态度不一，年轻人气愤地说：这条神龙太不识抬举，好吃好喝地供着它，它还来糟害人，惹老子恼了就一刀捅……常常是家里的老人赶过来制止，说：可不能对仙家胡说八道，咱们得揣摸揣摸，是不是咱们的供品不合神龙的意？

巡视完，我把黑蛋和英子叫到村边，三个人都面色阴沉，心里疑惑不定。从这些天和龙崽的交往看，它绝不是一个心地残忍的家伙，但昨晚它的行为又如何解释？至于这些事是否是它干的——这一点不用怀疑了。别说众人的举证，就凭昨晚它的异常，也可推证个八八九九。

英子的大眼睛中满是泪水："我不信，我不信，就是不信。龙崽多善良啊，它还舔过我的脸呢。"

我难过地说："我也不愿相信啊，可事实就在眼前。也许，咱们把龙崽看得太理想化了。它再聪明善良，说到底也是一只食肉动物。食肉动物总有一点儿兽性。你想，熊猫多驯服可爱，但昨天的报上说，有一名记者进到熊猫馆里，惹它发怒了，一爪子就把记者的鸡鸡给抓掉了。"

黑蛋说："它身上的臭味从哪儿来的？咱们和它玩时，被它舔时，从没闻见它的臭味。"

我说："你不是说，那是它大便后沾上的臭味嘛。"

黑蛋不好意思地说："我那是信口开河，不为准的。"他皱着眉头思索着，忽然说，"我知道了，我猜到答案啦。"

我俩洗耳恭听，看他这回有什么高见。黑蛋的理论蛮复杂的，好容易才把意思说请。他说，龙崽作为一种人造生物，一定有特殊之处。可能它身上有一个暗藏的开关，一旦这个开关被触动，它体内的兽性就会复活，作为副产物，它身上就要发出一种臭气。这时它就会远离人群，大肆杀戮，发泄它的兽性。然后它会恢复原状，回到主人这里。所以，龙崽身上有臭气时，它总是在躲着咱们，你们说是不是？

这个理论自然很牵强，但也是目前能勉强说通的唯一解释。特别是，黑蛋还举出一条有力的佐证，他神秘地说："按我的猜想，蛟哥和曼姐一定知道这一点，不过他们一直瞒着我们。不要忘了，有一天晚上咱们曾看过一男一女两个神秘人物，听见咱们喊叫后慌忙躲入林中。当时，那儿就有一股异臭。"

我们都悚然回忆起这件事。这两人当然就是蛟哥和曼姐，这是不用怀疑的。不过，和两人相识后，由于两人的明朗性格，我们已经有意无意埋掉了那一段记忆。经黑蛋提醒，我们觉得当时两人的行迹确实可疑。也许那时他们是在寻找兽性发作的龙崽，也许那时龙崽正满嘴鲜血，浑身异臭，四周躺满小动物的尸体……

英子说："咱们快去找蛟哥和曼姐，让他们把龙崽的疯病

131

治好。龙崽是个好崽崽，只要把疯病治好，它还会像过去那样善良可爱。对不对？"

我迟疑地说："再说吧，咱们想想再说吧。"经过这档事，我知道蛟哥和曼姐并没有对我们推心置腹，没有对我们完全透明，谁知道他们是否还藏着别的什么秘密？

爹回来了，还没有到家，耳朵里就灌满了龙崽的劣迹。他气哼哼地进门，和娘唧咕一会儿，喊我去正间。我知道一场艰难的谈话等着我，硬着头皮去了。爹问："那条龙崽到咱家来过？"

"对，它非常聪明可爱，和花脸是最好的朋友。"

"它能听懂人话？"

"对，可惜那天你不在家……"

爹打断我的话，愠怒地说："那你说说它昨晚干的缺德事！"

我忽然看到爹身后有一支……半自动步枪！一定是爹从民兵队部拿来的，他想除掉龙崽！我急了，忙说："爹，昨晚的事我一定要查清，保证它今后不会干这事了。可是爹，你千万不要贸然动手。保护野生动物的法令你知道不？吃人的老虎和豹子还要保护哩。"

"龙崽是野生动物？"

我语塞了。考虑到龙崽的出身和智慧程度，它恐怕只能算做"半动物"吧。但我仍振振有词地反驳："不管是不是野生动物，反正它是世界上最珍稀的动物，比大熊猫、华南虎还珍贵呢。你可不能向它开枪。"

爹冷冷地说："听你娘说，它还会说人话呢。"

这句话说得突兀，我还以为爹是在夸龙崽呢。但我随即明白了爹的意思：他是说，老虎豹子不通人性，它们杀死畜禽是自然本性，咱们可以不怪罪它们。而这条龙崽呢，它可是通人性的，既然通人性还干这事，就太可恶了，就不可饶恕了。我越发着急，也更加雄辩滔滔：

"爹，因为它懂人话，就更不能轻易杀它，那叫'不教而诛'。咱们可以讲道理呀，可以教育它呀。即使它不改悔，也要用法律手段来惩处它，因为它已经是智慧生物嘛。爹，龙崽是世界上第一个智慧动物，你没权这么对它。"

我这段绕来绕去的道理把爹也绕进去了。他辩不过我，恼怒地说："照你的道理，咱们只能干看着，直到它咬死一两个人？"

我吃了一惊："不会，绝不会！我了解龙崽，它绝不会变成杀人凶手！"

爹怒哼一声，不理我了。出来后我心虚地想，我说我最了解龙崽，真了解吗？恐怕不敢肯定，至少我没料到它会杀死这么多畜禽。

我没想到，爹的话不幸言中了。

这么严重的事，我当然不会瞒着黑蛋和英子。晚饭后，我们聚在村口的大槐树下，花脸摇着尾巴，向龙崽来的方向眺望着，嗅闻着。它的心里没负担哪，在它看来，昨天那只带臭味的龙绝不是龙崽，它喜欢的龙崽还在山那边哩。我们默默地等待着，打不起精神说话。龙崽由善变恶变得太突然，我们的感情转不这个弯。实际上，连这次我们该不该带武器，都让我们踌躇良久。黑蛋说，它会不会兽性还没发泄完，把咱们三个也给"嘎崩"了？英子难过地说："不会，绝不会。"可是，真的不会？谁心里也没有底。

不过，我们最终没带猎刀。想起这些天的友谊，如果带武器，未免太亵渎它了。那么，我们还是空手去赴龙崽的约会吧，如果……就算我们为友谊付出的代价。天上一钩残月，光芒暗淡，大槐树的阴影遮蔽着夜空。黑色的山峦贴在昏暗的天幕上，蝙蝠在夜空中无声无息地滑行，几只萤火虫倏然来去，山间的寒气慢慢罩下来。忽然，花脸欣喜地叫起来，龙崽来了，它在夜空中轻轻地滑出来，转眼到我们面前。花脸早迎过去，同它亲热地偎擦着。这种情形马上让我们放心了。看花脸的亲热劲儿，显然今天的龙崽不在"恶"之中。

我们仔细闻闻，果然没臭味，一点也没有。龙崽似乎完全忘了昨天的不愉快，忘了花脸对它的敌意。它游过来，大眼睛在夜色中闪闪发光，用脑袋亲热地蹭着我们。

我们三人你看看我，我看看你，真不知道该如何响应龙崽的亲昵。后来我蹲下来，委婉又坚决地问："龙崽，我要问你一句话，我真不想问的，可我不能不问。龙崽，昨晚你是不是咬死了很多家的猪羊，还把死尸摆到每家门口？"

我担心它听不懂这么复杂的问话，但它显然懂了，立即低下头，显得羞愧和慌乱。如果说直到刚才我还拿不准龙崽是否干了这些坏事，现在完全可以肯定了。我看看同伴，继续劝道："龙崽，如果你想吃活物，我们会想办法满足你，但不要这样，不要惹得全村人都骂你。龙崽，你很聪明懂事，会改掉自己的毛病，对不对？"

龙崽仍然低头不语。最后，我狠着心说："龙崽，今天你就不要进村了，怕乡亲们生你的气，万一有谁伤着你。回去吧，回去好好想一想我的话。只要不再做坏事，我们还是好朋友，好吗？"

英子眼泪汪汪地说："龙崽，我们仍喜欢你，真的！"

黑蛋也说："过两天我们去看你，你回去吧。"龙崽久久看着我们，难过地莽哈着，然后掉过头，怏怏地走了。它肯定不愿离开，一步懒似一步。花脸不理解这些曲曲弯弯，眼看龙崽要走，焦急地叫着，追上去拽它的尾巴。但龙崽没有停留，慢慢隐于夜色中。

我们懒懒地回家，一路上几乎无话可说。分手时英子说："龙崽，去告诉蛟哥、曼姐吧，让他们想办法教育龙崽。行不行？"我懒懒地说："你以为他们不知道吗？恐怕他们早已知道了。"顿一会儿我说："再说吧，停停再说吧。"我摇摇头，带花脸回家了。

第6章

恶 龙

爹并没听我的劝说，闲暇时，他仔细擦拭着步枪，还在院子里设了个靶子，练习瞄准。看着那支枪，我心里总是惊悚不安。如果龙崽不听我的劝告，恶性再次发作，爹真的会把它的脑袋打烂吗？

第二天，回龙沟的住户早早打来电话：昨晚龙崽又在那里作恶了！爹怒冲冲地提枪就走，我忙追上去，说："爹，我跟你一块儿去吧。"爹勉强答应了。我想再喊上黑蛋和英子，看看爹的脸色，没敢吭声。

实际上，我跟爹来，是把自己摆到两难的位置上。如果爹真向龙崽举起枪，我该怎么办？我当然不忍心让龙崽被打死，可是——它的恶行也着实让我恼火。回龙沟的驼背二爷领我们看了各家的现场，和我们村一样，猪羊都被咬死了，但没吃一口，尸体整整齐齐摆在大门口。正是这一点特别让人恼火。驼背二爷说："虽然它是条龙，也是个野物，吃掉个把几只猪羊也不算出格。可是它一口不吃，咬死后摆在门口，不明摆着欺负人嘛。我看它一定不是应龙的后代，倒是泾河小龙那样的孽龙！"

驼背二爷还说，庙祝陈老三这些天也十分反常，上蹿下跳的，到处哭丧着脸宣扬：神龙发怒啦，大祸临头啦！闹得乌烟瘴气的。爹问："陈老三家的禽畜被糟害没？"

"这次没有，不过几天前就遭害了。那时只他一家。"

爹说："去陈老三家看看吧。"我们一块儿去了陈老三家，这是个很大的院子，院里摆着石刻和石坯。陈老三的石匠手艺还颇有点名声。我一眼就看见屋里摆着一件未雕完的石龙，上半部雕好了，与真的龙崽一模一样；身体也大致雕成，只余下四条腿还在石坯里藏着，旁边扔着锤子、錾子等工具。陈老三不在家，他老伴抱着一个胖小子在院里玩，是他的孙子，娃儿长得很可爱，唇红齿白，胖嘟嘟的屁股，见人就笑。爹说："小家伙长得多福态，是叫小金豆吧。"三婶说是叫小金豆，乖得很。三婶小心地问："村长有啥事？是不是老三犯啥错了？"爹不客气地说，"老三家的，你家老三到处造谣，说什么神龙发怒，大祸临头。你告诉他，再胡说八道，我报乡公安把他抓起来。"

三婶慌张地说："村长，他可不是造谣，是真的呀。他晚上愁得睡不着觉，过去从神龙庙回来，总是喜气洋洋的，现在一回来就愁眉苦脸，有时在院子里雕这座龙像，干着干着就长叹，流泪。我问他是咋回事，他只是说：大祸临头了，大祸临头了。村长，你是见过世面的人，想法子解劝解劝他。他一定有难处呀。"

看她的表情不像说谎，这番话弄得我心烦意乱。神龙为什么要发怒？是什么大祸？爹和我都不迷信，但心中难免沉甸甸的。出了回龙沟，我对爹说："爹，要想把这件事弄清楚，我有个主意。"

"你说。"

"你闻见陈老三家有一股臭味没？就是龙崽……变坏时身上发出的那种味道。这事儿太复杂，以后我再跟你讲清楚。反正我猜测，陈老三和龙崽一定有来往，有什么交易。我想，咱们晚上埋伏在陈老三家，看他有什么举动。"

爹想了想，同意了。晚上，爹、我和花脸埋伏在回龙沟的一面山坡上。这个位置既能看到陈老三的大门，又能看到由回龙沟到神龙庙的小路。只要陈老三一出门，我们就能看到他。

爹恢复了当年当连长的劲头，半蹲在地上，肌肉绷紧，就像是一只蓄势待发的豹子，半自动步枪顺在他的右手边，保险已经打开。花脸的精神状态也与上次埋伏大不相同，前些天它在埋伏现场就像患多动症的孩子，稍不注意就闹点小纰漏。但今天，不知爹用什么法术把它调教好了，它精神奕奕，沉着机警，不亚于久经沙场的警犬。

看着爹手边的自动步枪，我简直难以相信会走到这一步。想想仅仅三天前我们与龙崽的相处，那真是一段田园牧歌式的美好回忆。假若龙崽真的是……天使与魔鬼的结合体，那我们对世界，对真善美的信心就要大打折扣了！我希望今天埋伏的结果证明龙崽的清白，以前种种都是一场虚惊。

陈老三没让我们久等，大约夜里 11 点钟，门吱扭一声，他从院里出来，把门虚掩上，向神龙庙方向走去。我们小心地跟在后边。月光很暗，那个身影晃啊晃啊，消失在夜色中，我们不敢跟得很紧，好在有花脸，它在地上嗅着，非常自信地领着我们前进。

不过，陈老三的背影虽然模糊，也足以让我得出一个印象：这家伙已经被恐惧压垮了。他腰背佝偻，脚步拖得很慢，与前些日子在庙里那个意气飞扬、美滋滋数钞票的陈老三实在不可同日而语。陈老三没走多远，在一处林边草地停下，蹲在地上，看来这是他与龙崽约定的见面处。我们在他后面三十米处悄悄埋伏下来。

恰在这时，我踩到一根干枝，啪的一声脆响，在寂寥的山谷中，这点响声像打枪一样惊人。爹迅速扭回头，瞪我一眼，我大气不敢出，瞪大眼睛看陈老三。还好，他没有注意到这边的动静，他抱着脑袋，有时用双手捶着，真有一股求死不得的劲头。我和爹猜不透是咋回事，疑惑地交换着目光。

时间一分一秒地过去了，我的腿都蹲麻了，悄悄站起来想倒倒脚。爹扫我一眼，警告我别再弄出动静。我忽然伸手抓住爹的肩膀——它来了。我不是听到它来的动静，而是闻到那股异臭，非常刺鼻的异臭，看来龙崽正处于兽性大发作的时期。花脸自然也闻到了，耸起背毛，一副深仇大恨的样子。一只黑影慢慢从黑影中浮出，走路非常轻捷，听不到一点声音。它在陈老三身前站定，陈老三这才发现它，浑身一震，忙站起来，又是打躬又是作揖，夹杂着哀哀的求告声：

"神龙爷爷……我实在不敢……饶了我吧……"

这是什么意思？难道陈老三真和"魔鬼"有交易？当我开始提出这一猜测时，还觉得它未免牵强，但看眼前情景，竟然是事实。唯一不同的是，陈老三还在挣扎，还没有把灵魂完全卖给魔鬼。

龙崽——我真不愿相信它就是我们"那个"龙崽，但它的模样不容我错认。它恶狠狠地咆哮一声，开始说话。语速

很快，完全不像我们教它说话的样子。我悲伤地想，原来它在说话这件事上也对我们玩了心机？他俩说的什么，我们听不太清，但大致意思是明白的，龙崽是在威胁陈老三快去干某件事，否则就如何如何。

爹看来忍无可忍了，把手电筒给我，用手势向我示意，只要他下命令，我就立即揿亮电筒照住目标，以帮他瞄准。他双手端枪，枪托顶在肩膀上，瞄准龙崽。我呆呆地看着，想象着龙崽的身体被子弹穿透，鲜血淋淋……就在这时，陈老三扑通一声跪下，大声哭嚎着：

"我不敢哪……你饶了我吧……"

我的血液冲上头顶，妈的这个陈老三，太给人类丢脸了！但我没想到，陈老三的哭诉反倒更激起龙崽的兽性，它大吼一声，向前一扑，按住陈老三的胸脯，然后张开大嘴，露出森森的白牙……

爹低喝一声："开灯！"我的手电筒刷地罩住龙崽的身体，电光中看见那熟悉的龙角，大嘴，龙须，蜿蜒夭矫的身体。龙崽向我们抬起头，那双眼睛不再有温馨和友爱，而是狠夕夕的寒光。爹扣下扳机，一道红光射过去，龙崽的身体猛一抖，看来肯定击中了，但没击中要害。它敏捷地转身，向后一跃，转眼间消失了。

我们跑过去，我心疼地对着夜色大喊："龙崽，龙崽！"

爹恼火地说："穷喊什么，你还把它当朋友？"我想爹说得对，就停止喊叫，快快地回来。陈老三还仰面躺在地上，面色苍白如纸，胸前的衣服被撕破，两眼瓷呆呆地瞪着我们。爹俯下身看看，还好，没有受伤，爹没好气地说："你瓷瓷呆呆地看什么？我是村长老贾。陈老三哪陈老三，这半年你为神龙摇旗呐喊，修庙雕像，出了大力。它就这么感激你？差点给你来个开肠破肚。"

陈老三没有反应。

"喂，该还阳了，起来吧，对我说说，有什么大祸要临头。"

这句话似乎一下子打开陈老三体内的某个开关，他浑身一震，爬起来哭喊着："你把神龙得罪了，大祸要临头了！"

爹厉声喝道："哭什么，有我呢。我不信什么神龙强过我的自动步枪。再不行，让部队带火箭弹来！你告诉我到底是咋回事。"

陈老三这会儿简直把爹当成瘟神，连连后退，像留声机一样重复着他的哭诉："完了，神龙要发怒了，大祸临头了！"

他哭诉着，转身回村，爹喊他也不应。这事弄得我很纳闷。神龙（龙崽）到底对他发过什么威胁？让他干什么而他不敢干？爹也很纳闷，他已经知道龙崽能懂人话，但那毕竟不是亲眼所见。而现在，他亲眼看见恶龙在同陈老三交谈。一条会说人话的龙——莫非它真的是神龙？爹从来都是坚定的无神论者，但他亲眼看见的景象弄得他忐忑不宁。

我们折回头，检查龙崽逃跑的痕迹。地上有一条血迹（我的心猛然抽紧。不，不能同情它，它是罪有应得呀），血迹进入林木中就难以寻找了，花脸正在前边嗅着，焦急地等待着命令，爹向它发出口令，它立即窜出去。

我和爹跟在后边，爹把步枪斜挂在胸前，警惕地扫视着四周和身后。我走在前边，盯着花脸时隐时现的身影。龙崽逃跑的路线很复杂，时而向左时而向右，但总的说不是向着蛟哥和曼姐住的山洞。也许，它干了坏事后不敢回家，害怕"大人"的处罚？

转眼间四个小时过去了，东边渐露曦光。我们爬到一座小山顶，爹停下，辨识着方向，奇怪地说："前边是回龙沟呀，那条恶龙转了一圈，又回到老地方了。"说到这儿爹浑身一震，"糟了，它在使用调虎离山之计，快到村里去，到陈老三家去！"

爹没猜错，没到村里就听见一片熙攘声，人们都在朝村东走，个个神色紧张，看见我俩，一个人高声说："村长，神龙把陈老三的孙子掳走了！"

我的头嗡地涨大了。龙崽还会使用人质战术？这一着够毒的。在此之前，我内心里还一直为龙崽留着退步，但如果它走到这一步，那就无可挽回了，就由人民内部矛盾转为敌我矛盾了。村民急匆匆走着，有些人（主要是老年人）看到爹，都低下头，加快脚步走过去，回避和爹打招呼。他们一定认为是爹手里的半自动步枪带来了灾祸。爹当然感到了大伙儿的疏远甚至敌意，他脸色阴沉，跟在大伙后边。

村东有哭喊声，在一棵大柿树下，龙崽背倚树干，杀气腾腾，背上血迹斑斑。一个婴儿在它爪下扎手舞脚地哭着。婴儿还活着！我的心中一阵喜悦涌来，旋即又被紧张代替。人们远远围着龙崽，人群前是婴儿的奶奶和父母，陈老三也在那儿，哭诉着：

"神龙爷爷，放了小金豆吧……饶了他吧……"

龙崽没理他，锐利的目光越过人群盯着我爹，盯着我爹手中的枪。它知道这是它的真正敌手，但它没打算逃跑，而是摆出一副鱼死网破的决战架势。爹推开人群，默默走进去，在离龙崽20步远的地方站定。龙崽立即低下头，把婴儿叼在嘴里。婴儿一惊，哭得更凶。这边的人群反倒停止哭叫，大气不敢出，都被吓呆了。

爹皱着眉头与龙崽对视，我不知爹这会儿是怎么想的，可能他估计到龙崽的此番举动是向他叫阵。爹慢慢放下枪，又用脚把它踢到一边。龙崽果然领会到这个动作的含义，也把叼着的婴儿放下。爹沙哑地说：

"是我开的枪，是我把你打伤的。你想报仇就冲我来吧，别伤小金豆。"

爹赤手空拳，慢慢向龙崽走去，龙崽也蓄势待发，冷冷地盯着来人。我痛心地看着龙崽，真不相信它能变得这么"恶魔"。它目光冷厉，嘴巴残忍地咧着，四只毛茸茸的腿爪紧紧地撑在地上……我忽然浑身一震，这不是我的龙崽！它的头部、身体、尾巴等和龙崽一模一样，但四肢却酷似豹子的腿爪，而龙崽的四个爪子类似鹰爪，光秃秃的，很坚硬。在这一瞬间，我又闪电般地回想起，龙崽一般用腹部蛇行，如果使用四肢走，则姿势相当笨拙，一摇一晃的。而刚才，在埋伏地点，恶龙逃跑时却是使用四肢，跑动姿势酷似猎豹，迅捷飘逸。我失口喊：

"爹，它是另一条龙，不是我们的龙崽！"

爹的脚步稍稍停顿，又继续往前走。是啊，它究竟是哪条龙，对当前的局势没一点影响。爹越走越近，那条恶龙已经伏下身躯，就要扑过来。空气紧张得马上要爆炸……我突然高兴得几乎喊出来，因为我看到了龙崽，我们的龙崽！它在恶龙的身后，借着树木的掩护，小心翼翼地蛇行着，往这边靠近。我脑子一转，高声喊起来：

"爹你停一停，先停下！喂，你这条恶龙，你究竟要干什么？咱们可以商量嘛。我知道你能听懂我的话，快告诉我，你有什么条件，我们一定答应。喂，你听懂了吗？"

我向恶龙跑去，花脸也随我窜过去。爹着急地回头喊："胡闹，你们快回去！"恶龙似乎一时蒙了，看看我，看看我爹，又看看旁边的婴儿。这时龙崽已借我的掩护接近恶龙，它闪电般扑过来，把恶龙撞了好远！恶龙的身手也十分敏捷，一个打挺翻身起来，恶狠狠地张开大嘴。但它看见龙崽后，似乎稍稍一愣，它没有同龙崽拼命，而是向婴儿扑来。龙崽立即插过去，把婴儿护在后边。

爹没有犹豫，三两步窜上去，把小金豆抱在怀里。恶龙绝望地吼一声，和龙崽恶狠狠地对峙。爹迅速跑向人群，把小金豆交给他妈妈，然后捡起刚才丢在地上的步枪，向恶龙瞄准。

此后的局势出乎我的意料，龙崽正和恶龙对峙，喉咙里咻咻地喘息着，但它忽然瞥见爹的枪口，立即掉转身护住恶龙，焦急地喊："不要——开枪！"

爹愣了，为龙崽的举动大惑不解。刚才龙崽自动跑来同恶龙搏斗，分明是善恶不同，可它怎么又护着那条恶龙？龙崽回头对恶龙急切地说着什么，大概是龙的方言，我听不懂。看架势无非是让恶龙赶快逃走，而恶龙凶狠地低吼着，似乎并不买账。

有两个人匆匆穿过人群，来到爹身边，是蛟哥和曼姐，

我已经多日不见他们了。两人神色羞愧，情绪很低沉。曼姐轻轻按下爹手中的枪，低声解释着，蛟哥走向两条龙，大声喊：

"龙娃，别闹了！快回来，我们都喜欢你的，龙崽也喜欢你的。我们能把你的病治好，你跟我回去吧。"

他的劝告起到了反作用，恶龙不再和龙崽对峙，转身就跑——它的纵跃果然十分轻捷，龙崽随后追过去，蛟哥和曼姐也匆匆追去。花脸也欲追击，但爹把它喊住了。不知曼姐刚才对爹说了什么，这会儿他的脸色平和多了，自动步枪一直斜挂在身边，没有向逃跑的恶龙瞄准。

小金豆已经不哭了，两眼滴溜溜地看着大人。他爹娘抱着他，又是亲又是哭，不过仔细检查一遍，小金豆身上没一点儿伤，连个牙印也没有，真不知恶龙是怎么把它嘀来的。爹走到陈老三面前，讥讽地说：

"好了，小金豆大难不死，也算你祖上积德。老三，说吧，这些天你和那条恶龙一直在唧咕什么，什么大难临头？"

陈老三惊魂稍定，可怜巴巴地说："这条神龙……恶龙，是四天前找上我的，那时我正在神龙庙扫地。我还当它是原先的神龙，可是一看，妈呀，它长了四条豹子腿！那时我就想，一定是条妖龙、孽龙，大难就要临头了……这条恶龙的法力肯定比善龙高，你刚才看见没有，它会讲人话！你想，会讲人话，肯定不是凡龙啊……"

"它都对你说了什么话？"

"它让我……"

"痛快点，说说它要你干什么缺德事。我昨晚听见你在求饶：我不能干哪，我不能干哪。"

庙祝哭丧着脸说："也不是太缺德的事。自从头一条神龙来到咱潜龙山，仁慈宽厚，护佑一方，这儿太太平平，风调雨顺，乡亲们谁不感激它的恩德？我照它老人家的法相雕了条石龙，供在祭坛上，让乡亲们朝拜。但这条恶龙那次对我说，这座庙是它的，让我把神龙的塑像扔出去，塑出它的金身。我陈老三不是瞎子，谁好谁坏我是清楚的，咋能把善龙的牌位扔出去把恶龙请进来？再说，我不能为这条孽龙把善龙得罪，如果惹恼两条龙，在潜龙山大战一场，那可是大祸临头了，不知要死多少人呢。"

听到这儿，我对陈老三真是刮目相看。在我的心目中，他是一个装神弄鬼、贪钱爱财的小人物，原来也颇有正义感和责任感呢。与前后发生的事互相验证，看来他没有说谎。我想到他院中未完成的雕像——恰恰是四条豹爪没有雕出来，他一定是在故意磨洋工吧。

陈老三接着说："后来我想，不答应它的要求，它肯定不会善罢甘休，我便央求这条孽龙说，我为它塑出金身，与原先的神龙并排放在祭坛上，行不？再不，我筹钱为它新盖一

151

座庙，行不？孽龙一点不松口，威胁我，不照它说的办，就吃了我家小金豆。后来的事你们都知道了，据我看，这条孽龙一定与咱们的神龙前世有仇。"

我走上前拍拍陈老三的肩膀："好啦好啦，事情已经过去了。陈三伯，我向你道歉，这两天我和我爹一直在怀疑你，认为你和那条恶龙有什么龌龊交易，我们冤枉你了。陈三伯，我挺佩服你的，虽然你在恶龙面前磕头求饶，丢了咱人类的面子；不过原则问题上能拿得住，尽管恶龙威胁利诱，你也没把神龙扫地出门，没有卖友求荣。是不是？"

陈老三的苦瓜脸舒展一点儿："那是那是，我不能对不起神龙。你看，这回多亏它救了我家小金豆。"

周围的人群逐渐平静下来，爹让他们先回家，说，这条恶龙的事随后再想办法解决。我心中有说不出的欢畅，不光是因为陈老三和小金豆逢凶化吉，同样重要的是，我没看错我们的龙崽！它真是一条善良仗义的好龙。我巴不得一步赶回村，把这天大的好消息告诉黑蛋和英子。想起前两天对龙崽的怀疑，我觉得十分愧疚。爹的脸色也缓和了，他问我："龙崽，刚才那条善龙——就是你说的那个朋友？来过咱家，也会说人话？"

"没错，它也叫龙崽。"

"那一男一女是谁？"

　　我将这几天的情况对他进行补课,他听得直点头:"嗯,不错,是条好龙崽。不过,它和那条恶龙是什么关系呢?"

　　我还未回答,蛟哥、曼姐匆匆返回了,龙崽平静地跟在他们后边。人群立即沸腾了,陈老三跌跌撞撞迎上去纳头便拜:"恩人哪,真是护佑一方的神龙啊。"受他带动,另有几位老太太也去参拜,龙崽反而被这个阵势窘住了,害羞地躲在两人后边。

　　我窜过去,把龙崽搂在怀里,低声说:"龙崽,真对不起你,前些天我们还怀疑过你呢。我现在才知道,你一直和恶龙搏斗,你身上的臭味是从恶龙身上沾来的。可你为什么一直不对我说明白?"

　　龙崽两眼亮晶晶地看着我,使劲摇头:"不是恶龙。"它清晰地说,"我弟弟。"

　　弟弟?我愣了。善良可爱的龙崽怎么会有这么个残暴的弟弟?真是"龙生九子,各有不同"!龙崽再次重复:

　　"不是恶龙,小弟弟。"

　　蛟哥看看龙崽,很感动,长叹一声。他们刚才没有多追,因为担心婴儿的安危,赶回来询问。听爹说了小金豆的情况,二人舒口气说:"那就好,那就好,我们早料到龙娃不会伤人的,它只是一个脾气有点乖戾的孩子。"

　　爹沉着脸说:"你这个坏脾气的孩子已经咬死了20多只

猪羊。"

蛟哥叹息着说:"我们知道了,我们会赔偿的。不过,龙娃真的不是你想象的恶龙,它不会伤人的,这点我们有把握。"

爹说:"把这件事的前前后后讲给我吧。你的两条龙把这儿搅得天翻地覆,我是一村之长,还蒙在鼓里呢。"

两人很尴尬,连声说:"好的,好的,我们这就向你汇报。其实,大部分情况我们都已告诉你儿子了,缺的只是关于龙娃的情节。"

晚上我家来了一次大聚餐,黑蛋和英子也来了。他俩和龙崽见面,自然少不了几声惊呼,一番亲热。听我说了这一天来的沧桑巨变,两人捶胸顿足,埋怨我没叫上他们,让他们错过这些历史镜头。黑蛋趴龙崽身上闻闻,说:"对,还有点臭味。不过我们知道这是你和恶龙——龙娃搏斗时沾上的,我们一点也不嫌弃你。"

英子触触我:"龙崽,我知道啦。"

"知道啥?"

"知道咱们责备龙崽干坏事时,它为啥羞愧地一声不响。"

前几天,正是因为它的羞愧,我们才确信是它干的坏事。原来它是为弟弟而羞愧!它宁可遭人误解,也要替弟弟保密,真是一个情意深重的姐姐呵。

这会儿花脸的表情真是逗人，它欢天喜地地向龙崽迎过去，但用鼻子嗅嗅，带着敌意吠起来。吠几声后，大概它的狗脑瓜中很疑惑，又凑上前嗅嗅，看看，满脸困惑。我笑道："花脸，别作难了，这就是龙崽，是咱们的好朋友，是救出小金豆的英雄，只是身上沾了一点臭味。"我们的英雄有点难为情的样子，于是我到屋后山泉接了一桶水，把它的臭味冲掉。这下花脸不再疑惑了。

娘准备了丰盛的饭菜，有野韭菜、权菜、树楸、干竹笋、烧野兔等。龙崽还是和花脸挤在一个盘子里，舔得哗哗响成一片。曼姐一个劲儿夸饭菜好吃，婶婶，你让我把肚子撑破啦！娘很欢喜，一口一个闺女，叫得可亲热啦。吃饭时，我没忘让龙崽表演它的说话本领，让它喊出龙崽、黑蛋、英子和花脸的名字，又让它向我爹叫"伯"，向我娘叫"婶"，娘乐得合不拢嘴，连声说："别别，别折我的寿限。有神龙喊我婶子，我是哪辈子修下的福分啊。"

在全家欢乐的气氛中，爹的脸色也转晴了。实在的，这么一条可爱的小龙崽，再加上美貌可爱的曼姐、随和宽厚的蛟哥，爹的脸想绷也绷不起来。叙谈起来，蛟哥的爹和我爹还是熟人呢，他家住在30里外的龙回头村。饭后，我们团坐在屋后的皂角树下，龙崽和花脸疯闹着，蛟哥向我们讲述事情的来龙去脉。实际上，前半部分（关于龙崽的那部分）是由我主讲，黑蛋和英子作补充。然后，蛟哥接下去说：

"龙崽一岁时，我们又制造了，或孕育了第二条龙，所用的各部件的基因是一样的，仅仅作了一处修改。你们大概已经看到，龙崽的四只鹰爪走起路来很不协调，当它快速行路时，爪子是拖在身后的。当然，按照华夏民族的传说，龙的爪子'本来'就该是鹰爪形状，但如果龙崽想作为生物生存下去，这样的爪子是不适合的。所以，我们对龙娃做了一个大胆的改进：用金钱豹的基因让它长出腿爪。"

"这个改进成功了，你们可以看到，龙娃跑起来是多么舒展，多么矫健，多么潇洒。还有，经我们改进后，龙娃的语言能力也高于他的姐姐。所以，总的来说，龙娃的诞生是一个比龙崽更大的成功。我们都为此欢欣鼓舞。可惜后来发现，龙娃的设计中出了一点小小的纰漏。"

蛟哥苦笑着摇摇头，曼姐接着说："真的只是小小的一点纰漏。由于某些我们还不了解的基因之间的相互作用，龙娃身上的香腺非常强大。其实这种香腺在哺乳动物身上广泛存在，人类也有，随人种而不同。黄种人的体臭较轻，而白种人尤其是北欧人就较浓。我在北欧做访问学者时，有时真难以忍受旅店中的体臭味儿。这是一个很小的差错，甚至算不上差错，可惜，这点小差错要影响龙娃的一生。"

黑蛋直撅撅地问："怎么会毁了它一生？是不是你们都讨

厌它？"

曼姐叹息着："它也是我们的孩子啊，即使是残废。我们怎么会讨厌它呢？不过它身上的异臭味儿实在太强烈了，连我们有时也难免有所表露。龙娃是个非常敏感的孩子，它看出人们喜欢龙崽而疏远它，便逐渐养成乖戾的性格。这次潜龙山行动，我们没打算让龙娃来。龙是华夏民族的象征，不管你承认不承认，它身上总有相当的政治意义，咋能让一条浑身异臭的龙来煞风景呢。所以，我们把龙娃留在基地，安慰它，等给它切除香腺再让它出来。但不久前，我在基地发现龙娃逃跑了！那时我们就料到龙娃一定要来这儿，它是冲着龙崽来的，来找它姐姐的晦气。"

我说："我们曾有一次见到两个神秘的人影，听到我们喊话，他们忙躲进林中，当时周围也有这种异臭味。是不是你们？是不是在寻找龙娃？"

蛟哥不好意思地承认："是的，我们那时已发现它的踪迹，想把它唤回家。龙娃很狡猾，一直成功地躲避着我们。但它没有躲避龙崽，常常隔两三天，龙崽就去找龙娃，两人在林中见见面，玩一会儿。很奇怪是不是？龙娃千里迢迢来找姐姐的晦气，但实际上它俩很有感情的。尤其是龙崽，处处护着坏脾气的弟弟。"

龙崽停止和花脸玩闹，静静地听我们说话。这会儿它把

157

脑袋伸过来，缓慢地说："龙娃——好弟弟。"

我们很感动，曼姐说："虽然龙娃脾气乖戾，但我们也没料到事态会发展到这一地步。最后，贾村长你这一枪使矛盾激化到了顶点，它掳走小金豆是这一枪逼出来的。"她歉然说，"我不是指责你，处在你的位置，你开枪是完全应该的，但这里边一定有什么误会，龙娃为什么和陈老三过不去？不过，再怎么着，它也不至于杀死陈老三的。"

原来，蛟哥、曼姐还不知道龙娃闹事的由头，我告诉他们，龙娃是来逼庙祝把龙崽的塑像清出去，另立它的塑像，陈老三怕引起二龙争斗，一直没敢答应。蛟哥、曼姐迅速对望一眼："原来如此！其实，它的这个愿望可以满足嘛，那不过是一点小小的虚荣心。"

我不高兴地说："把龙崽的像扔出去？"

曼姐笑了："那倒不必。我说过，龙娃的心理是很怪异的，它虽然处处和龙崽作对，其实对龙崽很有感情的。贾村长，请让陈老三把龙娃的塑像立起来吧，和龙崽的像放在一起，所有费用我们出。"

爹说："几个钱算什么，只要能把事情摆平。这事交给我办吧。以后怎么办？你们准备怎么安抚那条恶……龙娃？"

"恐怕得借重你的儿子，还有黑蛋和英子。这一段时间，龙娃老躲着我俩，我想让孩子们去找它，它的戒心可能小一些。"蛟哥转过脸对我们三个说："你们随龙崽去找到它——一定能找到的，龙崽知道它的藏身之处。你们劝它回来先把伤养好，再做香腺切除手术。它会变成人人喜欢的好孩子。你们能做到吗？"

我们很高兴地答应了。娘有些担心，低声问："危险不？万一它恶性发作，把你们一口吞掉……"

曼姐笑着说："放心吧大婶，我们了解它，再说还有龙崽呢。即使龙娃兽性发作，龙崽也足以保护他们。"

爹点头答应了，蛟哥说，尽量快点把这件事处理完，我已经把有关消息发到美国，据说近几天美国《国家地理》杂志就要派记者前来采访。咱们可不能让龙娃把大事耽误了。

第二天，我们催着回龙沟的陈老三把龙娃的石像刻好。陈老三很不乐意，一边干活一边嘟囔："这条孽龙，差点儿要了我和小金豆的命，还要享受一方香火？……哪见过龙长四只豹爪的，当时我一看就知道它是条孽龙。"

我和黑蛋为他顺气："别发牢骚了，陈三伯。这个龙娃算不上十恶不赦的坏人，怎么说，也算得上'可以教育好的子女'吧。咱把它争取过来，让它积福行善，也是一桩功德嘛。再说，事情一平息，你又能从功德箱里数钱啦，是不是？"

当天这座石像就雕好了，几个村民把它抬到神龙庙，放到祭坛上，与龙崽的像对面而坐。龙崽的像十分喜相耐看，而龙娃呢，也许是我们的心理作用，也可能是陈老三把自己的感受融进了作品中，使它有一股森森的阴气。黑蛋曾建议，庙门的匾额也该换一换，换成"双龙庙"，但我和英子都反对，因为……不管怎么说，龙娃的所作所为是不配享一方祭祀的，现在摆上它，只是一种权变，一种统战方式。如果连匾额也换掉，未免太高抬它了。

陈三伯把庙里庙外都打扫了一遍，和村民们离开了，我们五个（三人一龙一犬）留下来，看龙娃是否会露面。我、黑蛋、英子用手捂成喇叭，对着四周大喊：

"龙娃，你的塑像摆好了，快来看看吧！"

"来和我们玩，和你姐姐龙崽玩！"

龙崽伸长脖子长啸，低频音波向远处扩散，周围的空气在啸声中振动。它是在用龙的语言邀请它的弟弟。我想，即使在数十里之外，龙娃也能听到它的声音吧。

那晚，我们在神龙庙的附近尽情玩耍，我们一会儿进庙向两条龙合掌参拜，一会儿脱了衣服，拉龙崽下潭游泳，还骑在龙背上威风凛凛地巡行一周。我想，这份风光，除了陈塘关总兵三太子哪吒，就属我们独有吧。世界上有骑鳄鱼的，有骑鲨鱼的，多会儿有骑龙的？我们骑着龙崽，在碧波里穿行，兴奋得尖声大叫。英子原本没下水，她是女孩家，担心衣服弄湿不方便换，但不久她就忍不住了，扑通跳到水里，让龙崽驮着她游，她的尖叫声比我们还要高几个分贝。

天黑了，我们上了岸，在庙前潭边生起一堆大火，烤着我们身上的湿衣服。家里为我们准备了好多吃食，我们拿出来喂花脸和龙崽——这会儿，没人来对我们用"喂"这个词加以指责了。我们把食物抛到空中让花脸接，很快龙崽也学会了这套本领。一块牛肉划着弧线飞过去，龙崽脑袋一偏，准确地把它接住，我们拍手叫好。我想，那些对神龙虔诚跪拜的香客们，如果看到这么"不庄重"的场面，一定会吓晕的。

后来我们还用树枝扎个火圈，让花脸跳。花脸很聪明，很快学会了，细长的身体在夜空中一闪，就从火圈中穿过去，然后喜滋滋过来领赏。龙崽也很想玩这个游戏，但毕竟它的身体太狼伉，最终也没成功。

那晚我们玩得真疯，真痛快。当然我们不会忘记来这儿玩的目的，隔一会儿，我们就会跑到火堆外，用手捂成喇叭，对着黑沉沉的山林喊："龙娃，回来吧，和我们一块儿玩，我们喜欢你！"

龙崽也喊，它不是喊龙娃的名字，还是用那种长长的"莽——哈"声。可能这是姐弟俩常用的联系信号吧。

喊完后我们接着玩，篝火烤红了英子的面庞，她伏在我耳边轻声说："龙崽，我们好像在梦里，童话里。你看这深潭、密林、山岚、篝火，还有一条可爱的小龙崽。真美，太美了！"

我看着英子，她也显得很美，红彤彤的脸庞，深潭似的眸子中有火光在跳跃，她的外衣还在火堆边烤着，只穿一件小背心，露出浑圆的肩头。英子说这儿美得像一幅画，其实她也是画中人呢。

忽然龙崽昂起头，两眼晶亮地看着远方。我们知道它来了，也向龙崽眺望的方向搜索。首先飘来那股特殊的臭味，林中变得十分安静，草虫们停止鸣叫，我又感到了那天的杀气。接着，一双绿火在黑暗中出现，慢慢向我们靠近。纵然我们已对龙娃了解了很多，这会儿仍紧张得手心冒汗。

龙崽对我们点点头，踢踢踏踏跑过去，它是去邀请龙娃来参加我们的联欢。我对黑蛋英子说："喂，做好准备，谁都不许讨厌它，知道不？"

黑蛋说："知道，再难闻也要忍住。把舌头嚼碎咽肚里也不能呕吐！"

英子也点头，表示一切听我的。龙崽在林中停了很久，我想它一定在磨破嘴皮劝龙娃过来，而龙娃对火堆边的一切则疑虑重重。时间真漫长啊，我悄声说："别发愣，咱们还接着玩，来呀。"

我们继续吃呀，喝呀，笑呀。花脸老向后竖着耳朵，显得忧虑不安，我搂着它的脖子低声交待："可不能再对龙娃恶狠狠的，它是咱邀请来的客人！"

终于，龙崽回来了，边走边看着后边，有时再折回头跑一段。然后，那条恶龙，孽龙，龙娃，从林中悄悄走出来。臭味越来越浓烈，我们用力忍着。龙娃走两步停一停，走两步停一停，目光仍是充满疑虑。我们大声喊：

"龙娃快来呀，我们欢迎你！"

"给你准备了很多好吃的东西！"

"你的塑像也摆好了，快来看吧。"

我们的热情感化了它，它终于下决心向这边走来。忽然它又退回去，扑通一声跳进潭里。我一愣，旋即明白了它的用意。它一定是想把自己身上的臭味洗掉，至少冲淡一些，这是个既自卑又有很强自尊心的家伙呢。英子心细，立即想到了龙娃的伤口，跑到潭边喊：

"龙娃，快上来，你身上有伤口，会感染的！"

少顷，龙娃上了岸，甩甩身子，走到火堆前。它的臭味虽然淡了许多，仍然呛鼻子。我们傻呵呵地看着它，不知道第一句话该怎么说。花脸仍怀着敌意，但它至少看出主人们态度的变化，所以没有狂吠和进攻。

我想，还是我来打破僵局吧，就走前一步说："龙娃，还记得我吗？咱俩见面最早，7天前，就是我才放学时，在我家附近一片林子里，你跟踪我好长时间，对不对？"

龙娃冷着脸不说话，它的姐姐安静地傍着它。龙娃的外貌同姐姐十分相似，但龙崽显得温顺可爱，龙娃则带着几分狰狞冷厉。森森的白牙，发着绿光的眼睛，尤其是四条不伦不类的豹爪，仍在我心里激起惧意。我克制着惧意，勇敢地把手伸过去，伸向它的头顶。龙娃身体一抖，敌意地望着我的手，似乎不能忍受人类的亲昵。不过，它强忍着，没有跳到一边。终于，我摸到它的头顶，就像爱抚花脸一样轻轻抚摸着，龙娃默认了我的爱抚。

我心中狂喜。别看这只是一次轻轻的抚摸，它说明龙娃和我们之间的敌意已经消除了。黑蛋和英子也欢天喜地地挤过来，把手放在它的头上、背上。龙娃还不像龙崽和花脸那样喜欢我们的亲昵，矜持地沉默着，似乎它的容忍对我们是一种施舍。

我们太高兴了，连龙娃身上的臭味也不那么熏人了。龙崽自然也很欣喜，拿脑袋在弟弟身上蹭着。黑蛋说："龙娃，庙里有你的塑像，去看看吧，去吧。"龙娃似乎还有些勉强，龙崽在它身后用嘴推着，它终于跟我们去了。神龙庙的祭坛上并排放着两座龙塑，四只豹爪的自然是龙娃，表情冷冷的，似乎还在同父母赌气。四只鹰爪的自然是姐姐，它满脸含笑地望着弟弟。龙娃默默地看着塑像，我免不了还有点担心：它曾经命令陈老三把龙崽的塑像扔出去的，这会儿它会不会还坚持这一点？不过显然蛟哥、曼姐对它的了解更深，它看着一对相依相伴的塑像，目光中的冷意慢慢消失了。

我们回到火堆边，英子说："龙娃，让我看看你的伤口好吗？蛟哥和曼姐特地让我们带来了消炎药。"龙娃默认了，我们过去查看它背部的伤口，伤口已化脓，不知道子弹是否还在里面。我用手按一按，龙娃的身体抖一下。我歉然说：

"龙娃，真对不起，是我爹开的枪。不过那时的局势也……这是一个误会。现在我们先为你敷点药，等蛟哥随后为你取子弹，好吗？"

龙娃犟着脖子不说话，显然它对"父母"的气还没全消呢。我们用酒精小心地洗了伤口，撒上消炎药，用敷料包好。龙娃一动不动地任我们包扎，它的目光也越来越柔和。

到现在为止，可以说已经把龙娃拉入我们的朋友圈子，它再不会满腹乖戾、狠狠歹歹的了。不过它一直不说话，嘴巴像被铅汁灌死。有时龙崽与它脖颈缠绕，咕咕地说着什么，它也不回答。这怎么办呢，我要想办法撬开它的嘴巴。我说："噢，对了，忘了告诉你，你姐姐已经学会说很多话了。龙崽，给它表演一下。你说'龙崽'。"

"龙崽。"

"说：龙娃。"

"龙娃。"

"花脸。"

"花脸。"

"咱们是最好的好朋友。"

"好朋友，最好的。"

花脸听见叫它，忙跑过来同龙崽亲热。我说："看吧，龙崽多聪明，会说这么多的话。不过你也不用急，你比它小，慢慢学，也能学会的。"

黑蛋触触我，低声说："你忘了？曼姐说龙娃的语言能力更强呢。"龙崽也平静地说："龙娃——聪明。"他们俩的话我全当没听见，继续说："龙娃，现在我教你说最简单的词，不要急，慢慢说。先学你自己的名字吧。如果连自己的名字也不会说，多丢人呀。好，现在你跟我说：龙娃。"

龙娃盯着我，一声不吭。

"别怕，我们不会笑话你的，跟我说：龙娃，龙——娃。"

龙娃恼火地望着我，那表情分明是说我藐视了它的智力。我佯装不知，仍然不厌其烦地诱导它："不要害羞，只要说出一个字，接下来就好办了。说，龙——娃。"

龙娃忽然大声说："我会说，早就会说！"

它说得非常流利，标准的普通话，字正腔圆，电台播音员似的，我敢肯定它是跟曼姐而不是蛟哥学的口音。我哈哈大笑，搂着它的脖子，得意洋洋地说："好啊，总算骗得你说话了，你可真是金口难开呀。"

英子惊喜地喊："龙娃你真的会说话，比你姐姐说得还好呢。"

龙娃终于绷不住，破颜一笑，一道光辉从它脸上掠过。这道光辉有神奇的魔力，一下子改变了龙娃的相貌，撕去它身上那个冷漠的外壳，还原出一个稚气未脱的小龙娃。从这时起，我们之间的隔阂、设防甚至敌意都完全冰释，小龙娃完全加入到我们的朋友圈子里了。

我们疯闹了一个晚上，又拉着龙崽到潭里，每人骑了一次。龙娃也要往水里跳，它看见我们玩得这么乐和，在岸上待不住，但考虑到它身上的伤口，我们硬拦住它没让它下水。后来我们也上岸，在篝火边玩游戏，讲故事，闲聊天。天色快亮时篝火熄灭了，我们也实在困了，就歪在火堆旁，很快入睡了。

清晨的鸟雀声把我惊醒，抬头看看，黑蛋和英子还蜷着身子睡觉，龙崽和龙娃没了踪影。它们到哪里去了？我把两人推醒，起身寻找。在那儿，龙崽在潭里游泳，不过只有它一个，看不见龙娃的身影。潭边还坐着一对男女，依偎在一起，是蛟哥和曼姐。他们听见动静，扭回头笑着问好：

"醒了？我见你们太困，没惊动，想让你们多睡一会儿。"

我们高兴地告诉他俩，龙娃和我们已经建立了友谊，你俩说得对，它真的不是一条恶龙或孽龙，实质上是一个稚气未脱的孩子，只是有些嫉妒和逆反心理罢了。曼姐笑着说：

"我们都知道了，其实昨晚我们一直在周围守候着。谢谢你们，谢谢你们对龙娃的爱心。昨晚，不，今早龙娃离开这儿时，我们追上它与它见了面，还为它取出体内的子弹。它已经不记恨我们了。"

"它为什么要离开呢？"

蛟哥说："让它一个人再待几天吧，有些弯子不可能一天内就转过来的。"

黑蛋问："你们什么时候给它做香腺切除手术？老实说，"他压低声音说，"龙娃真臭得可以。我妈老说我脚臭，顶风能熏 30 里。可拿我的脚臭和龙娃一比，嘿，自愧不如！"

蛟哥笑着说："暂时还顾不上。喂，你们三位，外国大鼻子明天就要来了。"

"真的，他们真的上钩了？"

"嗯，是美国《国家地理》杂志派来的，叫惠特曼。这可是一家非常有名的杂志，杂志上所有报道的来源都是绝对可靠的。所以——看你们的本事啦。"

我说："肯定没问题，有那么多硬邦邦的照片，还有两条实实在在的活龙，他怎么可能不信？只要记住别泄露它是基因技术的产物就行。"

蛟哥摇摇头："不是两条活龙，是一条。龙娃——暂时不想让它露面。"

我们一齐拿眼瞅他俩，他们也觉歉然，但看来不打算改变这个主意。我们当然知道他为什么做出这个决定，但打心底里觉得这个决定不对味儿，为龙娃感到不平。两人自然看到我们的抵制，蛟哥苦笑道：

"没办法呀。如果龙娃单单是我俩的残疾孩子，我们绝不会羞于公开，一定会堂堂正正让它去见宾客。可是，不管怎么说，龙是中华民族的象征，在它身上积淀了太多的政治意义。我们不得不有所忌讳。"

我说："蛟哥说得对，为贤者讳，为尊者讳，为亲者讳，这可是中华民族5000年的优良传统，不能在咱这儿出错。就是头上有秃子也得捂得严严实实，不能让外国人看见。"

蛟哥苦笑道："龙崽，看你说话像刀子一样。你们不必把这件事看得太重，等惠特曼采访结束后就为龙娃做手术，手术后它就可以自由活动，不必遮遮掩掩了。"

英子忽然问："假如——我是说假如——手术不成功呢？那时，为了你所说的象征意义，是不是得把龙娃终身囚禁起来？"

蛟哥和曼姐苦笑着说："今天才知道，你们三个的口舌之利一个赛过一个。"

黑蛋懒懒地说："我还没说话呢。蛟哥，曼姐，原先我不理解龙娃为啥这么乖戾，这么敌意，现在我理解了。”

两人的脸成了红布。蛟哥说："好啦，非常感谢你们对龙娃的情意，但你们还是照我说的来吧。虽然我们也十分疼爱龙娃，但无论如何，不能把这条浑身异臭的龙摆出来让外国人看。英子别担心，手术一定会成功的，手术后就没有这些烦人事了。"

他向我们交代了应注意的事项，然后看看我们，小心地说："恐怕神龙庙的龙娃塑像也得先藏起来。"我们都闷着头不吭声。"这事我来安排吧。还有，龙崽这些天不会去你家了，它应该在最具戏剧性的场合突然露面。"

我们说好吧，我们知道该怎么做，一定把这场戏演足。

离开黑龙潭回家，路上平心想想，我们对蛟哥、曼姐的不满是没道理的。他们是想让"龙"以十全十美的形象出现在外国人面前，拔高来说，这是虔诚的爱国主义嘛，有什么可指责的呢。而且龙娃身上的异臭味儿确实十分刺鼻，和它玩了一个晚上，这会儿我们身上都有驱之不去的怪味儿。可是龙娃也是无辜的呀，这点毛病是天生的，它又没什么过错，不该因此就低人一等。况且，我们刚刚用友谊赶走了它心中的阴霾，化解了它的戾气。如果因为这件事再次挫伤它的自尊心，把它赶到老路上去，那太可惜了，也太可怕了！

第7章

外国大鼻子

第二天，美国《国家地理》杂志的惠特曼先生风尘仆仆地赶到老龙背村。

那会儿我正帮爹运竹子，在村头看见一个外国人一摇一摆地过来了，背上是一个硕大的背囊，几乎有一人高，使他看起来像一只健壮的骆驼。他停下，向一个小孩打听。那小孩叫竹生，比我小两岁。他问话时竹生光笑着摇头，可能是听不懂他的话。我赶紧迎上去，那人转身问我：

"请问这是老龙背村吗？我想找贾云龙先生。"

这个大鼻子会说中国话！虽然他说得怪声怪调，重音拿捏不准，但总的说还算流畅。我对他十分佩服，想想吧，如果要让我的英语说到他这个程度，得下多大力气！不过他问的这个贾云龙先生……我突然悟到，那不就是我嘛。从来也没人把"贾云龙"这三个字和"先生"这个尊称安在一起，一下把我蒙住了。我不好意思地说：

"不要客气，我就是贾云龙。"

竹生失口喊道："你是找龙崽呀，要说龙崽我不早告诉你了！"

大鼻子哈哈大笑，就这样，我和惠特曼先生算认识了。惠特曼先生大约 60 岁，粉红色的皮肤，手背上、胸口处都长满了浓密的金色汗毛，身体极壮健——那个大背囊也亏得他能背动！后来我们知道，背囊里是野外记者的全副行头，有相机、三脚架、望远镜头、广角镜头、各种滤色镜、红外线星光夜视仪、麻醉枪、睡袋，甚至还有一个简易的帐篷。

周围很快挤满村里的小孩和大人，争着看外国人的蓝眼珠、大鼻子和一头金发，连我爹也挤在其中。我对此很窘迫，难为情地说："对不起，惠特曼先生，这儿很闭塞，从来没有外国人来过，所以乡亲们太……好客了。"

惠特曼先生笑嘻嘻地说："尽管参观吧，我是一只外国大熊猫，对吗？"

大伙儿听懂了他的中国话，开心地笑起来。

黑蛋和英子也来了，眼睛里闪烁着兴奋的光芒，尤其是黑蛋，一个劲儿向我递着兴奋的眼色，意思是很明白的：大鱼终于上钩啦。我有意把目光别转不看他，这个黑蛋不是大将之才，遇事太沉不住气，没准他会把好事情搞糟的。我把惠特曼领到家里，劝说围观的人散去，只留下黑蛋和英子。我当然知道惠特曼的来意，不过我还是煞有介事地问：伯伯，你找我有什么事？我能为你帮什么忙？

"龙崽——我也这样称呼你，可以吗？"惠特曼说，"我们在网上见到一条消息，说贵处——中国潜龙山黑龙潭附近——发现一条远古孑遗的龙，不是恐龙，而是中国传说中的龙。消息还说，是你和另外两个孩子发现的，对吗？"

"不是我最先发现，是乡亲们最先见到，但我和我的两个伙伴——黑蛋和英子，喏，就是他俩，实地去验证过，没错，真的是一条活龙。"

惠特曼仔细打量着两人，详细询问了有关"神龙"的所有情况。什么时候第一次发现？多少人亲眼见过？几月几号几点几分？是白天还是黑夜？龙崽身长大约有多少？吃什么食物？对这些问题我们一点儿也不怵，按实际情况分别作了回答。

"我们全都亲眼见过！"黑蛋说。

"对，我也亲眼见过。"英子细声细语地说。

"它很温顺和善吗？"

"对。"

"听说你们拍有照片？"

我兴奋地看看黑蛋、英子——现在进入实质性谈判了。我们珍惜地拿出那晚抢拍的照片。照片拍摄得相当有水平，很清晰。照片上，龙崽瞪大眼睛，毫不怯生地直视着镜头，瞳仁里闪着闪光灯的光芒。但我的傻瓜相机闪光灯的功率太小，照片上只显出头部的特写，和少许的背部及爪子，其他部分隐在黑暗中。惠特曼先生聚精会神地盯着照片，足足有30分钟，几乎眼睛都不眨。等他把照片研究透彻（大概他已确信这不是一张假照片），脸上才浮出欣喜的微笑，他说：

"是在很近的距离内拍摄的？"

"对。"黑蛋抢着说，"我们几乎是脸挨着脸，它还舔过我的脑袋，还舔了龙崽和英子。当时我以为它要吃我们呢。"

英子说："它才不吃人呢，它是一条善龙，爱吃五香牛肉、烙饼、水果，还爱喝你们美国的可口可乐。这些都是乡亲们为它上的供。"

黑蛋说："它会游泳，我们还骑……"

我使劲拽一下黑蛋，截住他过于热情的介绍。黑蛋是想让惠特曼赶紧信服龙的存在，可他不想想，如果把骑龙的事也告诉惠特曼，后者还能相信这是条"野生野长的远古孑留的龙"吗？龙崽的情况不能一下子倒给他，得讲究节奏。惠特曼没看见我的小动作，一直在欣赏着照片，赞叹着："真是一条十分逼真的中国龙。"他从背囊里取出一叠剪报，里面有各种中国龙的彩照，有北京九龙壁、曲阜孔庙的龙柱、二龙戏珠的民间画，甚至还有辽宁阜新出土的号称天下第一龙的8000年前的石龙，等等。他把剪报和照片反复对照着，思考着。

该吃午饭了，爹留下黑蛋和英子也在这儿吃，娘张罗了一桌丰盛的午饭，端上来，搓着手说，不清楚"老外先生"的口味，不知道山里的饭菜能不能合客人的意。惠特曼狼吞虎咽，连声称赞好吃好吃，非常美味。饭后，惠特曼单刀直入地问：

"你们能带我实地看看那条龙吗？"

我们为难地说："当然可以，不过……"

惠特曼解释着："《国家地理》是本非常严肃的杂志，它绝不允许出现虚假或失实的报道，我知道你们的照片是真实的，但我仍要亲眼看一看，请你们谅解。"

我和两个伙伴你看看我，我看看你，不知道该怎么回答，带他去看龙崽当然没问题，我们也正打算这样干。问题是——如果他自己拍了照片，还会买我们的照片吗？如果照片卖不了好价钱，怎么帮助蛟哥和曼姐呢。但要我们直接把钱的问题提出来，又觉得难以开口，君子不言钱嘛。惠特曼先生很老练，一定猜到了我们的心思，便主动提出来：

"我准备出 10 万美金买断这则消息的独家报道权，这个价格包括你们拍的这两张照片在内，也包括你们三位今后为我提供的服务。你们同意吗？"

我迅速在心中作了换算，10 万美元相当于 83 万元人民币，虽然没达到蛟哥的预期，也差不多了。便高兴地说："我没意见！黑蛋、英子，你们呢？"

两人也兴高采烈地点头，也不免害羞，心想惠特曼一定把我们三人看成小财迷了，他不知道我们是在为蛟哥、曼姐筹款。惠特曼微微一笑："那好，请喊出你们的父母签订协议吧，我想你们几位都没超过 16 岁，还不具备民事资格。"

惠特曼拿出一份合约，中英文对照，原来他早做好准备啦。文件十分冗长，各种责任各种权利细得简直可笑。我爹拿着文件扫了两眼，10 分钟后，就和惠特曼签好协议，惠特曼随即签了一份支票交给我父亲。

事不宜迟，当天下午，我们三个，再加上花脸，领惠特曼去神龙庙踩点。一路上花脸老是对着惠特曼嗅鼻子，狗脸上满是疑惑的表情。其实，我们早就觉察到了惠特曼先生身上的异味，不过我们很礼貌地佯装没闻见。那是和龙娃一样的体臭，当然比龙娃的要淡一些。蛟哥前些天对我们说过，白种人尤其是北欧人，身上的香腺（这个名字倒很好听）比黄种人发达，常常有浓重的体臭。想到这儿，我不免为龙娃叫屈：惠特曼能满世界乱跑，也没有为自己的体臭自卑，我们干嘛对龙娃这样苛求呢？

神龙庙打扫得干干净净，祭坛上龙娃的塑像果真被移走了。虽然一个塑像并没有什么实际意义，而且挪走也是暂时的，我仍然觉得心里不好受。庙祝陈老三手执尘拂，正煞有介事地引导两位香客对神龙参拜。很巧，正是我第一次来神龙庙时见到的那对母子。他们说上次来这里许了愿，回家后母亲的病就好了，这次特地来还愿。供桌上放着一只猪头，母子虔诚地行完大礼，又往功德箱内塞入100元（上次可是10元啊，我看见陈老三的脸上掠过一波喜色）。然后，母子去庙外的千年银杏树上挂红，惠特曼看看我，问：

"按照这儿的风俗，我们也要磕头吗？"

我不好意思地解释："不用，我们从没磕头。我不相信龙是神灵，即使它是神灵我也不磕头。这个讨厌的礼节在我们这一代已经废弃了。我知道，西方人从不下跪磕头，你们的风俗好。"

黑蛋突然插话："不，西方人不磕头，但也下跪的。电影上常常见到，他们在教堂里做礼拜时，都要跪在座前的一块木板上。"

　　他这一说，我也想起来了，确实如此。我好奇地问："惠特曼先生，有一个问题我早就想找一个人问问了。西方科学这么发达，为什么还有那么多人信仰上帝，心甘情愿地向上帝下跪，做他的奴仆？难道你们真的相信是上帝在管理宇宙？"我担心地说，"我的问题是否不礼貌？请你别见怪。"

　　惠特曼稍稍一愣，圆滑地绕过我的问题："这个问题不是一句话能回答清楚的。来，让我们向神龙行个礼吧。"他行了鞠躬礼，还往功德箱内塞了一张美元。陈老三对他的虔诚十分满意，笑眯眯地迎过来，两人寒暄一会儿。惠特曼问："先生，你亲眼见过神龙吗？"庙祝坚决地说："那还用说，神龙晚上经常来享用供品，我见过许多许多次，这座塑像就是按神龙的真模样雕的。他们三个（他指着我们）也亲眼见过呢。"惠特曼又问："神龙的家，或者你们所说的龙宫在哪里？"庙祝狡猾地说："那可不知道，神龙风里来云里去，谁知道它住在哪儿！"惠特曼不再问了。

　　我们避到庙外，等着庙祝离去。来这儿前惠特曼说，今晚他要在这儿亲自拍下神龙的照片。我们说没问题的，神龙几乎每天都要去神龙庙，只是今天没月亮，观察起来要困难些。惠特曼笑着说：不要紧，他带的器材足以应付的。等庙祝离去后，惠特曼去庙内布置了他的摄像机，这是个十分先进的家伙，能在黑暗中拍摄，镜头能自动追踪目标，通过电缆即时地把影像输到庙外的屏幕上。我们躲在庙后的深草中等待着，满天星斗不耐烦地眨着眼睛。忽然屏幕上的红灯亮了！我们头挤着头看屏幕，一片绿光中，有一只小家伙缩头缩脑地进来，镜头紧紧地追着它转，原来是只刺猬。刺猬在屋里转了一圈，没发现可吃的东西（吃食都在祭坛上，它够不着），又缩头缩脑地从墙洞里走了。镜头忠实地工作着，直到刺猬消失才停止转动。

我们仍等待着，心里一点也不紧张，我们知道，今天龙崽一定会来的，或者说，蛟哥和曼姐一定会让龙崽来亮相的。唯一让人难受的是惠特曼身上的"香腺"，离得近，熏得我们不能吸气。但囿于礼貌，我们只能强忍着。4点钟，花脸忽然兴奋地唧唧起来。龙崽来了！今天天太黑，看不清它的身影，但我们能猜到它像往常一样，从黑龙潭上游过来，甩甩水珠，进入庙内。现在，它出现在屏幕上，这是红外线摄影，它的身体呈边缘模糊的红色，在绿光中游动着，然后把四只龙爪撑在地上，一颠一颠地走路；上了祭坛，吃东西，剥鸡蛋皮。一切都和我们讲述的完全一样，惠特曼简直看呆了。

下面是龙崽的即兴节目。它在庙里来回走动，这儿嗅嗅，那儿抓抓，镜头始终尽职尽责地跟踪着它。忽然它的身体越来越大，很快就只剩下一只龙眼占据了屏幕——它发觉了摄像机，正在好奇地研究它，嗅嗅，围着它转了一圈，然

181

后——一只硕大的舌头把屏幕全盖住了。黑蛋低声说:"这个贪吃鬼,什么东西它都要舔舔,那天也是这样舔我们的。"

惠特曼轻声嘘一下,继续观察。龙崽发现这个东西既不能吃,也不会说话,便把它放弃了。它跳到祭坛上,照旧摆出一个造型。到现在为止,一切都照计划执行,但龙崽随后的行为超出了我们的预料,或者说,超出了蛟哥的安排。它在祭坛上突然想起什么,开始左左右右地寻找。它在找什么?接着我们听到它在喃喃自语:龙娃呢?龙娃呢?——它是在找龙娃的塑像!

我急了,紧张地看看惠特曼,还好,他没辨出龙崽的话意,他毕竟不是中国人,对中国话的辨识力要差一些。另外,他根本料不到龙崽会说话,所以只是把这些声音当成动物的喉音。但我们三个可急坏了,龙崽怎么在这个关口找龙娃的塑像呢,难道它不知道蛟哥和曼姐想把龙娃瞒着惠特曼?也许它的智力毕竟有限,理解不了"大人的心机",现在,它发现龙娃的塑像被移走,担心那个乖戾的弟弟会因此闹出事来,就把别的全忘了。

不管实情如何,反正这会儿它在急匆匆地寻找。惠特曼没听懂它的话,但也看出它在找什么,悄声问我们:"它在干什么?在找什么?"

我们三人都尴尬地一声不吭。

镜头还在忠实地追随着它。它跳下祭坛，继续寻找。它找到了，龙娃的塑像在祭坛边的一个角落里，盖着草席。它用嘴巴扯掉草席，露出那个豹爪的龙像。我们紧张得能听见自己的心跳，惠特曼先生倒不是太看重这座像，夜景中看不清龙像上的豹爪，也许他认为在神龙庙里另有一个龙像并不是太意外的事。

龙崽努力用嘴巴推石像。我们当然知道它想干什么，它想把石像移到祭坛上。不过，这件事显然超出它的能力。它气喘吁吁地推了半天，石像纹丝不动。无奈，它只好放弃努力。

凌晨，龙崽应超声波哨声的召唤，跳入潭中游走了。它一离开，惠特曼就兴奋地抓住我的手说：没错，是一条活龙，一条真正的中国龙！现在我可以确认这一点了。我们也都很高兴，说：那当然了，当然是一条真龙，哼，我们说的话你还信不过吗？我们回到庙里，惠特曼立即到祭坛角落里去找那座石像。他一眼就看出这座塑像的特殊之处，不解地问："一条豹爪龙？怎么这儿还有一座豹爪龙的塑像？"

我们都哑口无言，黑蛋平时嘴巴多伶俐，这会儿也像是塞了个地瓜。我勉强说："豹爪龙有什么奇怪？常说龙生九子，各有不同，这九子中说不了就有一种长着豹爪。"

惠特曼笑着摇头："我知道龙生九子的传说，但九子中没有这个品种。"他扳着指头给我们详细列出"九子"的名字和各自的长相：一种叫赑屃，力大能负重物，即今刻在石碑下的石龟；一种叫狻猊，喜欢蹲坐，即佛像座下的狮子；一种叫囚牛，性喜音乐，常刻在胡琴琴杆上；还有一种叫螭吻，即殿脊的兽头之形……

黑蛋和英子听得直咋舌，这个美国大鼻子厉害厉害的有！看来他在来中国前一定上过"龙文化"的专业课。我不敢在他面前胡吹了，心想这个谎该如何圆呢。这时惠特曼说："恐怕这种豹爪龙是潜龙山独有的东西。如果是这样，那这儿应该有关于豹爪龙的传说。你们能帮我搜集到这个传说吗？"

我们的心一下子放下了。他只是把豹爪龙看成一种传说！既是这样，就好办多了，回去和蛟哥他们商量一下，编也能编出个"真实的"传说，好歹把龙娃的事瞒过去。想到这里，不免对蛟哥、曼姐的决定有点腹诽：如果当时他们不苛求龙娃身上的臭味，我们哪会遭遇这种尴尬？两只小龙一齐出阵，"潜龙山是龙的故乡"这个传说将更具说服力，龙娃也不会受到这种不公平的待遇。

下午我们和惠特曼返回老龙背村。很奇怪，惠特曼先生并没有显出成功的喜悦，一路上老是若有所思的样子。回家后，妈妈给我们做了一顿夜宵，是香喷喷的鸡丝馄饨。爹瞅空偷偷问我："怎么样，他信了吗？"爹这两天思想大有长进，开始对潜龙山的旅游资源关心了。吃完夜宵，惠特曼先生执意不睡我们给他腾出的房间，一定要睡在室外，他说这里简直是仙境，他要置身于仙景中，呼吸大自然的气息。爸爸说，让客人睡在外边不是山里人的待客之道，一定要他睡在主卧室。两人争了很久，我劝爹：客随主便，就按惠特曼的意思办吧。私下里我想，也许惠特曼先生知道自己的体臭，不想熏得我们都睡不成？爹拗不过他，便搬出一张竹床，让他睡在院中的银杏树下。

忙了一天，我也累了——特别是，今天的成果基本令人满意，我悬着的心放了下来，我躺到床上，很快入睡。不知道过了多长时间，花脸在唧唧地叫，把我惊醒。它的叫声很奇怪，犹犹豫豫的，既不像有敌意，也不像对熟人的欢迎。我迷迷糊糊地揉揉眼，窗外是一钩新月，夜色正重，万籁无声，忽然我看见窗户上映着一个硕大的脑袋，头上是枝枝桠桠的角。是龙崽！龙崽又到我家串门来了。但就在同时，我闻到了一股浓重的体臭，当然不是惠特曼的，比那要重得多。这么说，不是龙崽而是龙娃？

我一骨碌下床，打开窗户跳出去。一条龙的身影果然在院子里，夜色中看不清楚，但不必怀疑它是龙娃，一是它的体臭，二是花脸对它的态度。经过上一次的交道，花脸对龙娃的敌意减轻多了，但要把龙娃认成朋友，它似乎还缺少必要的思想准备，所以两个家伙就这么尴尬地僵持着。我心里非常感动，龙娃能主动寻到我这儿来，说明它确实已经改邪归正，说明它真心把我看成朋友了！我高兴地喊："龙娃！龙娃！真高兴能在这儿见到你，快进屋吧。"

龙娃害羞地低着头，爪子在地上蹭着，可能它还有点自卑。它曾在这儿胡作非为，是村民的公敌，现在浪子刚回头，脸面上还下不去。我愈加热情地邀请："来吧，进来吧。一回生，二回熟，下一回就是老朋友了。"

龙娃开始犹犹豫豫地迈动脚步，我忽然叫一声苦：怎么把门外睡的外国大鼻子忘了呢。蛟哥、曼姐让把龙娃的事瞒着他，现在我的邀请不是把它往惠特曼的眼皮底下送吗？可是，我不能突然改口，把龙娃撵走，那样对它的自尊心的打击太大了！龙娃大概看出我的异常，前爪抬起来没放下去，询问地看着我。在这紧要关头，我忽然急中生智，低声喊道：

"龙娃，我有一个好主意，这会儿咱们把黑蛋、英子都喊起来，人多，玩起来才热闹呢。"

不由分说，我拉着龙娃从后门出去，听听没有惊动惠特曼，便直奔黑蛋家去了。十分钟后，黑蛋、英子和我，当然还有花脸和龙娃，在黑蛋家附近的槐树下聚齐。刚才我揪黑蛋的耳朵时，他还哼哼唧唧地不想醒，我趴在他耳边说了龙娃的来访，他的睡意马上没了。

我让黑蛋和英子随身带来家里能搜到的吃食，全部堆到龙娃的嘴边。英子甜甜地劝道："吃吧，别客气，你姐姐龙崽就不客气，头次见面就吃了我的烙饼和五香牛肉。你也是我们的好朋友，快吃吧。"

　　龙娃真的低下头，老实不客气地大嚼起来。一会儿就把我们带来的东西一扫而光。英子问："好吃吗？"龙娃语调清晰地回答：好——吃！它的说话能力确实比龙崽要棒，我们都乐不可支，英子说："可惜这次我们带的吃食太少，下次来前先打个招呼，我让娘多准备些。你这两天回你爹妈——我是指蛟哥、曼姐——家了吗？"

　　龙娃犟着脖子不吭声，看来它对蛟哥、曼姐的气还没消。我连忙打圆场："不要紧不要紧，过两天龙娃自己就会回去的。不过，这些天你挨饿没有？"

　　龙娃骄傲地举起前爪："我能自己捕食。"

　　我想它说得对。这四只豹爪虽然不合"龙的定义"，但用它捕食无疑要比龙崽的鹰爪更方便。如果龙的家族真的从此繁衍下去，龙娃生存的可能性比龙崽更大。不过，它们今后的生活绝不会像今天这样诗情画意，因为生物的生存竞争是最残酷的。想到这儿，心中有一种酸酸的感觉。我抛掉这点思绪，对两人说：

　　"今天我确实很感动的，龙娃主动找上我家，说明它把咱

187

们当成朋友了。你们说是不是？"

黑蛋连连点头："对，本来应该我们去树林里找它的。"

英子说："龙娃，谢谢你对我们的友谊。"

龙娃很高兴，说出它的第三句话："我——们——是——朋——友。"

"对，我们是朋友，还有龙崽、花脸我们都是朋友。花脸，和龙娃握握手，以后不准再把它当陌生人，不准对它吠，知道吗？"

花脸很聪明，看出主人对龙娃的态度变化，乖巧地嗯嗯着，把前爪伸过去。天色放亮的时候，龙娃与我们告别，恋恋不舍地向密林走去。我们没留它，心想等惠特曼走后再和它玩个痛快吧。我赶回家，为了怕惠特曼知晓，仍从后门绕回去。没想到正与惠特曼碰了面，他正在一株楸树下锻炼身体，笑着对我打招呼：

"你好，贾，这么早就起来了？"

我支吾着说，我去后山锻炼，还有黑蛋、英子和我一道。说谎时我有点心虚，但惠特曼显然没有察觉。回到屋里，我想，都怪蛟哥、曼姐一步棋走错，让我掉进谎话堆里爬不出来。说不定这件事办完后，我会习惯成自然，变成一个说谎不带皱眉的瞎话精了呢。

早饭后，惠特曼把我们三个叫到一起。这两天，爹给黑蛋和英子放了假，说只要把客人陪好，我不但给你记工，还要发奖金呢。我们三人热情地说：惠特曼先生，还需要我们做啥事？尽管吩咐！惠特曼沉思着，说：

"我对龙的存在已经没有丝毫疑问了。不过，我还有其他的疑问。比如，龙崽的巢穴在哪里？它的父母呢？谁见过它的父母？"

我们使劲摇头，说我们都没见到。惠特曼诚恳地说：

"我相信这条真龙是自然界的生物，并不是神龙。但如果它是自然界的生物，那么，它从远古繁衍至今，就绝不会是孤立的存在，至少有一个小小的族群，能够支撑它的自然繁衍。咱们下一步就要找出这个小族群，找出它们的巢穴。对不对？"

"你是说……"

"我想应该对那条龙崽进行追踪。有 21 世纪的技术设备，追踪它是轻而易举的事。"

黑蛋和英子为难地看着我。其实不必追踪，我们完全知道它的窠穴在哪儿，只是，这样一来，蛟哥他们想要瞒住的第二点：龙崽是基因技术的产物，就会露馅了。不过，经过两天的锻炼，我已经能从容应付这样的局面。我说：

"对的，应该对它的窠穴进行追踪。惠特曼先生，你先在我家休息一天，我们三个到黑龙潭附近打听一下，多了解一些情报，回来后咱们再商量具体的追踪办法。"

甩掉惠特曼，我们拔腿就往蛟哥那儿跑。蛟哥看来也缺乏实战经验，他的战地指挥所设得太远，又没有通信设备，无法对我们实行灵活指挥，害得我们在几十里山路上来回奔波。赶到那个山洞已是气喘吁吁，蛟哥、曼姐把我们迎到洞里，连声说：辛苦啦辛苦啦，这两天的效果怎么样？我们简短地汇报了两天的进程，以及惠特曼今天的打算。蛟哥说：

"这个很好办嘛，我在深山找个地方设一个假龙洞，让龙崽——我是说那个真龙崽——把它引到那儿去。至于他要找的'龙的小族群'也很好解释，你们就对他说：中国有句老话，一山不存二龙。一条这么大的龙确实需要很大的领地才能满足食物来源，这是符合动物行为规律的。就说它的同类可能在更深的山里。"

我说：蛟哥，不如让龙娃也出面吧。不就是有点体臭嘛，不就是长了四条豹腿嘛，谁家的孩子没点儿毛病？惠特曼有体臭也不妨碍他满世界乱跑，咱干嘛把一点臭味看得那么重？再说，惠特曼已经见过那座豹爪龙的雕像啦。

曼姐忙问："怎么，他看见了？"

我们讲了那晚的情形，蛟哥嘟哝道："这个陈老三，太懒，把塑像挪到庙外不就没事了。"不过他坚决地说："还是要把龙娃瞒起来，毕竟是中华第一龙，毕竟有相当的政治意义，咱们要尽量让它十全十美。"

曼姐也是这个意思，我们虽然老大不乐意，也只好暂时服从。

回家后我们告诉惠特曼，听黑龙潭附近的老乡们传言，龙崽的窠穴离这儿并不远，大概有二十里吧，但那儿没有路，很难走。惠特曼说，路难走没关系，今晚在黑龙潭瞄上龙崽后，你们三个都留下，我要一个人去追踪："请放心，我不会出事的，我是个有四十年经验的老探险家了。"

我们都很佩服这位老人的敬业精神，佩服他的健壮。要不是为了蛟哥说的"华夏民族的象征"，真不忍心骗他。我们准备吃过午饭就出发，妈去给我们做饭，我们四个在堂屋坐着闲聊。忽然外边有人喊：龙崽同志，龙崽先生！同村的亮哥把脑袋探进来，嬉皮笑脸地说：龙崽，你真成大人物了，又有人找你呢。

随他进来一位客人，高个子，身体很壮实，方脸盘，穿一件灰色的夹克衫。他伸出粗壮有力的手同我相握，说："你就是龙崽同志吧，好容易找到你了。"

"你是……"

"我是丹江库区派出所的郭洪，在互联网上看到了你的名字，专程赶来的。"

丹江！离这儿有300多公里呢。真是的，一不小心就成名人啦。亮哥还在那儿嗤嗤地笑，我不客气地把他推出去：亮哥，你去吧，去吧，我们在这儿有正经事呢。

那位郭同志看到了惠特曼，迟疑地问："这位先生……"

黑蛋骄傲地介绍："是美国的惠特曼先生，专程来这儿寻找中国龙的！"

郭洪激动地说："是吗？我也是为它来的，我在网上见到了那条龙的材料。"他走过去，同惠特曼用力握手。惠特曼很有礼貌地同他握手，问好，但他的眼睛中分明闪着警惕的光。我知道这是为什么，惠特曼一定担心自己的"独家采访权"受到这位不速之客的威胁。我呢，虽然为郭洪的热诚所感动——他在网上见到一条不起眼的小消息，就千里迢迢地赶来了——也担心他会给我们的计划增加不定因素。果然，郭洪的下一句话就几乎捅了大娄子。他从口袋里掏出两张一寸的小照片，问我：

"龙崽，你见过这两个人吗？"

照片上的一男一女在向我们微笑。黑蛋失口说："蛟哥和曼姐？"

郭洪显然十分高兴："对，对，他们的名字叫陈蛟和何曼。这么说，我的猜测没错，我知道发现龙崽的地方就能找到他们。"

我心中叫一声苦：这位郭同志真是哪壶不开提哪壶！他这么一搅和，龙崽出身的秘密还能保得住？我偷眼看看惠特曼，还好，这会儿他正皱着眉头想心事，没有注意到我们的谈话，大概他还在考虑如何保住他的"独家采访权"呢。我急中生智，忙大声说：

"郭同志，你是要找这两个人？我领你去，就在前村。"我吩咐黑蛋和英子，"你们在这儿陪惠特曼先生，我领郭同志去。"

黑蛋和英子还没领会我的意思，傻傻地望着我，他们分明在说：蛟哥和曼姐不是在后山吗？蛟哥和曼姐不是让对他们的住址暂且保密吗？我避开惠特曼和郭洪的视线，使劲向两个笨蛋挤眼，挤得眼珠子都快掉下来了。这时，黑蛋才恍然悟到我的用意，忙说：

"啊对呀对呀，你快领郭同志去吧。快去吧。"

郭同志很随和，他说：我比你大几岁，就叫我郭大哥吧。我领郭大哥到前村去，一边不动声色地探听着，我得先弄清，关于龙崽和龙娃他究竟知道多少。郭大哥没有提防我的意思，很痛快地把所有情报都倒给我了。他说，他在丹江曾两次见到龙崽的身影，两次它都是和何曼在一起。所以，他估计这条龙和陈蛟、何曼一定有很深的关系。他还说，这条龙的性格很怪的，有时它似乎非常温顺，有时又非常凶暴。"你在网上说，这条龙在潜龙山现身已经几个月了。这几个月中，它做过什么……不好的事吗？"

依我现在与龙崽龙娃的"铁关系"，已经不能容忍对龙娃的批评了。我很想当即反驳他："不，龙娃绝不是一条坏龙，它的性格一点也不凶暴，只是由于大人的处事不当，它略有些怪脾气罢了。"不过我不能提前泄露秘密，只是含糊地说："没有，它是个好孩子，只是脾气有点怪罢了。"

郭大哥还提到，是一个姓黄的台商最先发现这条龙的，黄先生非常渴望能得到关于这条龙的确实消息，因为他也是龙的传人呀。"他还送我一具红外线星光夜视仪，我就是用它在黑夜中发现那条龙的。"

他拿出夜视仪让我看，我想，要是我早两个星期有这玩意儿，我们的发现肯定会更顺利一些。我说："这具夜视仪真好，不过惠特曼先生已经带了一个。"

郭大哥笑道："那位大鼻子老外刚才说，他今晚要去追踪龙崽，我能和它一块去吗？"

我为难地说：恐怕不行。因为我们和惠特曼先生签过合同，卖断了关于龙崽的"独家采访权"。郭大哥皱起眉头，不快地说："中国的龙，为啥要把采访权卖给老外？"

我的脸红了，很想告诉他：这10万美元只是为了给蛟哥、曼姐筹措研究资金，我们并不是三个小财迷。不过……为了蛟哥他们的计划，我受点委屈怕什么呢，忍辱负重嘛。郭大哥的脸色也转霁和了，笑道："已经过去的事，不说它了。其实，让老外为咱们宣传也没什么不好。"

他刚才的不快虽然让我难堪，但很奇怪，他在我心目中一下子变得亲近了。我原想把他领到前村，拿蛟哥、曼姐的照片随便找几个人问问，把郭洪糊弄走。但现在决定不糊弄他了。我立住脚，郑重地说：

"郭大哥，你想跟惠特曼先生一块儿龙穴探险吗？我可以说服他答应。不过，你得答应我一个条件：不要在他面前提陈蛟和何曼的事，一句也不要提。不，你先不要问为什么，等他走后，我会把一切内幕全告诉你。行吗？"

郭洪上上下下地打量我，我神色坦然地接受了他的审视。最后他笑了："好，我相信你们都是好孩子，你们的'暂时保密'是有正当理由的。对吗？"

"当然！"

"好，我答应了。"

我们击掌为誓，我领着他又返回我家。

晚上，我们一行五人（算上花脸是六个）向黑龙潭出发。

郭大哥的加入在惠特曼那儿没有遇到什么阻力，他只是重申独家采访权，郭大哥也表示认可，这事就算谈成了。郭大哥还笑着说：我是受过野外训练的，相信会成为你的得力助手。

过了阎王背是一片密林。忽然，一股熟悉的臭味从路侧飘过来。开始我们还以为是惠特曼的贵恙呢，但臭味是从路侧传来的，而且，花脸还一个劲向密林中挣着。我们三个很快就猜到是怎么回事：是我们的新朋友龙娃，它又来找我们玩，但很可能它发现我们中有两个陌生人，于是就没有露面，而在暗地里跟踪我们。

我们三个的心一下提到嗓眼里，你碰碰我，我触触你，暗地里着急。龙娃是没办法责备的，其实，它这么急切地想找我们玩，还让我们很感动呢，而且它并不知道内情。但无论如何，它今晚的露面很不合时宜。万一惠特曼看见它，蛟哥的打算就要泡汤了。

我们悄悄地观察着路侧，心中祷祝惠特曼别看见它。不过这是妄想，惠特曼可不是吃素的，几乎立刻发现了异常。他悄悄止步，用手势让我们也停下，然后从背包中取出夜视镜。这下我们知道糟了，夜视镜里什么看不见呀。郭大哥同样闻见了这股异味，他轻轻触触我，低声说：

"闻见有异味吗？我在丹江时就闻见过，是龙崽身上发出来的。"

我触触他，示意他不要说话。这会儿我没法儿向他解释：这是龙娃的气味而不是龙崽的，更没法儿解释为什么不能让龙娃露面。我们只是屏住气看惠特曼的反应。一会儿，惠特曼取下夜视镜，轻声说：

"是另一条龙！那条豹爪龙！它果然是存在的。你们看！"

我们不用看，光闻见那股味儿就知道啦。不过这话不能对惠特曼说，我们只好接过夜视镜，绿光中龙娃的身影看得清清楚楚，它半掩在粗树之后，露出粗粗的前肢，一对绿眼像是两只明亮的绿灯泡，正聚精会神地盯着我们。我干脆承认了：

"一点没错，是一条豹爪龙，和神龙庙那座塑像完全一样。"

"它身上有很浓烈的香腺。你们闻到了吗？"

我想，废话，它要不是有这点毛病，也不用藏着掖着了。我一本正经地说："闻到了，闻到了，你们闻到了吗？"

黑蛋和英子也忙不迭点头。我问："惠特曼先生，你说怎么办，是不是想先去追踪它？"

黑蛋和英子不满地瞪我，但我想，我的说话声已足以把警告送到龙娃耳朵里了。惠特曼可能奇怪我为什么这么大声说话，但他不会想到我是在向龙娃通风报信。因为他不知道龙娃懂得人类语言这个事实。龙娃看来听到了我的警告，立即转身，向密林深处跑去。它真机灵啊，我们暗暗高兴。惠特曼用夜视镜观察着，直到龙娃的身影消失，这时说：

"不，目标不改变，咱们继续赶路吧。"

龙崽自然按时出现在神龙庙。我们仍埋伏在黑龙潭的对岸，当它经过黑龙潭返回时，惠特曼和郭洪已装束停当，带着各种必要的家什，向我们招手再见，跟着龙崽的身影消失在黑暗中。我们知道他们的这次追踪肯定会成功，会发现一个逼真的龙窝，然后……他会把一张一张真实的照片和生动的报道发往全世界。潜龙山黑龙潭会成为神秘的龙之乡，千千万万游客将从世界各地急巴巴向这里赶来。

不知道黑蛋英子是怎么想的，但至少我的心里不是那么……纯净。回想我们最初在神龙庙目睹龙崽，那时我们是怎样的心境！这种心境是不可能再回来了。也许谜底的破解冲销了那种仰视感，也许我们在事情的具体进程中看到了不那么诗情画意的东西——比如基因技术上的纰漏。今天是体臭这种小事情，明天会不会出现更严重的不可挽回的疏漏？还有，龙，作为对某种图腾的物质再现，它是极其成功的，但如果作为一种自然生物，要在残酷和自然竞争中不被淘汰，它们能做到吗？它们头上那个漂亮的但毫无用处的大角会永远保留下去吗？我甚至想得更深，想到了蛟哥说的生物伦理学，想起在动物基因中嵌入人类基因的合法性与正当性……

英子担心地看我，问我发什么愣。黑蛋不屑地说：别理他，故作深沉呗，他知道傻姑娘们都喜欢这个调调。英子脸红了。黑蛋的玩世不恭的腔调赶走了我的冥思，我正要反唇相讥，忽然听到动静。是龙娃，它肯定已经发现陌生人离开这里，便赶来现身了。我大声叫：

"龙娃！龙娃！来吧，陌生人已经走了，咱们来玩吧！"

一道黑影从林子暗处闪出，轻快地一路跑来，伴着它特有的体臭。我们在潭边迎上它，5个伙伴抱做一团。真的，现在熟悉了，它身上的臭味也没那么熏人了。英子说，到庙里去吧，不知道龙崽把供品吃完没，我想它肯定给龙娃留着呢。我们便簇拥着龙娃去了。祭坛上果然有不少供品，龙娃不客气地一扫而光，大饱口福。吃完，我们就在庙里玩。龙娃这儿看看，那儿嗅嗅，忽然我叫声不好，我怎么忘了一件大事？龙娃的塑像已经从祭坛上被清除了呀。龙娃曾为争得它闹得天翻地覆，如果发现它被除去，以它的乖戾性格，会不会……

黑蛋和英子几乎同时想到了这一点，我们交换着眼色，心虚地看着龙崽塑像对面那处空荡荡的地方。龙娃也发现了这一点，发现自己的塑像被塞在角落里，它的双目中立刻冒出怒火，脸上开始隐现杀气……

说实话，那会儿我还无暇考虑我们处境的危险——它毕竟是一个刚改邪归正的冷血杀手，怒火冲溃理智时会不会拿我们开刀？那时我心里只有一个念头，就是我们的所作所为对不住小龙娃——我们的新朋友，我尴尬地说："龙娃你别生气，你听我解释，是这样的……"

两天来我对付惠特曼时智计百出，口舌便捷，但这会儿我真的编不出什么好解释。不过龙娃也不想听什么解释，它的怒火突然消失了，低下头，悲伤地说：

"你们讨厌我。"

我们喊道："胡说！我们怎么会讨厌你？你是我们的新朋友，是龙崽的好弟弟。不许胡说八道。"

我们七嘴八舌地劝它，发出许多关于友谊的庄严的誓言。龙娃仍低着头，固执地说："你们讨厌我。"

我们真没辙了，英子已经急哭了。黑蛋一急，就口无遮拦地说起来。事后我才知道，黑蛋这番不讲一点策略的大实话反倒能起作用。黑蛋说："龙娃，我们真的喜欢你。实话说吧，我们确实曾讨厌过你，在你干坏事时，在你咬死那么多鸡鸭猪羊时，在你吓唬陈老三的小孙子时。现在你学好了，我们为什么讨厌你？喜欢还来不及呢。这座塑像搬下来是因为……"他也卡壳了，一拍脑袋说："管它为啥，再搬上来不就行了吗？来，咱仨一块干！"

我们三个一齐上去，按说这座石像的重量超出三个少年的能力，但情急力生，肾上腺素加速分泌，三人呼尔嗨哟一使劲，硬把它送上祭坛了！我们得意地喊：龙娃，来，看看，已经摆好了！

我们忙乱时，龙娃一直悲凉地看着我们。这会儿它低着头，怏怏不乐地走出庙门，来到黑龙潭边，呆呆地望着水面。我们悄悄追过来，想安慰它，但一时无法措词。英子走过去，轻轻地抚摸它的长颈，就像我们爱抚猫咪那样。时间一分一分地过去，龙娃始终不动，静立如石像。后来它回过头，忽然龇出两排白牙，头一甩，猛地把英子叼在嘴里！

它的兽性发作了！它要吃掉英子了！我的两腿发抖，但男子汉大丈夫的豪气战胜了恐惧，想起对英子做过的许诺，我一步跨过去，大声喝道：

"放下英子！——要吃就吃我，把英子放下！"

黑蛋也没孬种，这时已悄悄从龙娃身后摸过来，准备卡住龙娃的脖子。但已经晚了，龙娃带着英子猛地一窜，闪电般跳入潭中，激起很高的浪花。我和黑蛋都没有迟疑，立即跳入水中，水花四溅地向它游去。透过水花，我看见龙娃放松了口中的英子，然后再次噙住，往背上猛力一甩，然后……然后英子在咯咯地笑：

"黑蛋，龙崽，龙娃让我在骑它，它逗我们玩呢。"

我的妈呀，我全身一松劲，几乎沉下水。龙娃一脸鬼笑

（这句话有点儿夸张，不过我们确实看到它的促狭目光），驮着英子在前边跑，英子抱着它脖子笑疯了。我和黑蛋不约而同，恶狠狠地扑上去，骂道：

"你这条臭龙，臭长虫，臭泥鳅，敢跟我们开这样的玩笑！打死你打死你！"

我们追着它打，它不反抗，只是开心地驮着英子跑，转着圈跑。我们追不上它，我们的蛙泳自由泳都没法跟它比。但我们的援军非常及时地赶到了，身后扑通一声响，是龙崽在向我们游来。我们欢喜地喊着：龙崽，快来，驮我们追它，打它个臭泥鳅！它敢骗我们！

龙崽驮上我俩，欢欢喜喜地同它的弟弟疯闹，闹得昏天黑地。欢闹中我没忘问龙崽：那个老外和那个大个子呢，你把他们引到哪儿啦？龙崽的口舌不如龙娃伶俐，只会重复着：领到了，领到了。当时我们没理解，龙崽把惠特曼领到龙洞后，为什么又急匆匆赶回神龙庙。后来想，可能它仍在担心着塑像被移走的事，怕坏脾气的龙娃失去控制，这才急匆匆赶回来。

两条龙、三个人在潭里玩得忘了时间，花脸在岸上催着我们。晨色慢慢在潭水上撒开，几只鸟儿啾鸣着从头顶飞过去。忽然，闪光灯连续地闪起来，有人在岸边大声叫好：

"好呀，好呀，双龙戏水！"

那当然是惠特曼，郭洪笑眯眯地站在他身后。他们探索到龙窝后，肯定是跟踪急着往回赶的龙崽又赶回来。一夜之间走了 40 多里山路，真有他们的。当 60 岁的惠特曼在岸边欢呼雀跃时，我们都大眼瞪小眼，傻了。

惠特曼为我们（主要是龙姊弟）噼里啪啦照了许多相，龙姐龙弟倒很有汉官威仪，从容大度，仪态万方，一点不怯场。照完相，惠特曼温和地责备我们，说我们恐怕没有把所有实情告诉他。因为看我们和两条龙的亲昵劲，今天绝不会是第一次见面。郭大哥呢，估计他已经看穿了所有的谜底（毕竟他事先就认识蛟哥和曼姐），但他很讲义气，只是深不可测地微笑着，不来揭我们的底。我吭哧了一会儿，黑蛋爽快地说："算啦，别藏着掖着了，实话实说吧。"于是，他讲述了为什么把龙娃藏起来不愿让他看见，还很傻气地问："有体臭的龙娃让外国人看见不算丢人吧？你身上有体臭，也没自卑，还满世界跑呢。"我直皱眉头，使劲瞪黑蛋。俗话说揭人不揭短，你怎么当面说人家有体臭？惠特曼倒不以为忤，温和地说：

"对，我也不赞成这种做法，那对龙娃太不公平了。"

他沉思片刻，说："我想，在 21 世纪，没有人会相信什么神龙，也不会有人相信龙崽、龙娃的父亲是 6000 年前大战蚩尤的应龙。它俩是这样的温顺善良，这样的聪慧和善解人意，我看它像是家养的，不像是野生的。"

惠特曼先生太厉害了，一下子点中了我们的要害！我们知道已经瞒不住了，也不打算再狡辩。惠特曼接着说：

"也许大自然中真的有这种传说中的中国龙？但我不大相信这一点，我想，更为可能的是，"他字斟句酌地说，"它是基因工程的产物。用基因技术造出一条龙是极为困难的，但从目前基因工程的水平来说，有这个可能。"他用锐利的目光盯着我们，"你们三位都是聪明诚实的孩子，能和我一块儿解开这个谜吗？"

羞愧之色漫过我们的面庞，一直延伸到脖子和胸口，我们真不想再欺骗这位惹人喜爱的惠特曼先生，可是……我们预期计划不是要泡汤了吗？郭大哥忙使出外交辞令为我们解围："跑了40里山路，我是累坏了，快回家休息吧，明天咱们再商量，好吗？"

我们放走两条龙崽，赶回村里，吃了丰盛的早饭。惠特曼确实累惨了，躺在竹床上很快入睡。我让郭大哥暂且睡到我的床上，他含意颇深地看看我，什么也没多说，顺从地接受了我的安排。把客人安排好后，我和黑蛋、英子藏在厨房压低声音商量着："怎么办？看来我们准备兴办'中国龙公园'

的宏大计划要泡汤了。可是，我们不想再欺骗外国客人——他是那样精明，骗也骗不住。"我们三人商量半天也没商量出一点儿办法，只好请示蛟哥和曼姐。

上次我对蛟哥提过建议后，他俩已把指挥所移到回龙沟，那里有电话。我怕睡在院外的惠特曼听见，用手捂着话筒，先告诉他，一个叫郭洪的人在找他们，是丹江库区派出所的。听陈蛟小声对何曼说了一句什么，何曼笑着说：

"郭所长？这家伙竟找到这儿来了！"

我又小声向蛟哥详细汇报了惠特曼对"基因工程"的猜测，我想蛟哥也一定傻眼了，因为电话中有五分钟没回话。我小声地催促：喂？喂？蛟哥在电话里忽然笑起来："狡猾的外国大鼻子！看来，咱们生来不适合做生意。干脆，你这样办吧……"

我决定先把底细捅给郭大哥，这也是爹开会的规矩，先党内后党外嘛。郭大哥没有睡，枕着双臂在想心事，看见我们，他含笑坐起身。我言简意赅地介绍了有关龙崽、龙娃的曲曲弯弯，郭大哥听得直点头：

"这就是了，这就对了，我当时就怀疑他们为什么饲养那么多的动物，原来是挑选有用的基因啊。我曾看见龙娃凶狠地把何曼扑倒，而奇怪的是，何曼似乎并不怎么恐惧。现在我全明白了。"

"对，龙娃根本不是什么性情凶暴，它只是一个脾气有点怪戾的孩子，而且——主要是当爹妈的处事不当，伤了它的自尊心。"

"现在呢，是否要把真实情况告诉惠特曼？"

"嗯，瞒不住了。"

"好吧，咱们去把他喊醒。"

惠特曼从梦中醒来，看见我们三人并排站在竹床前，便用臂肘支起身子，含笑看着我们："嗯？"

我说："惠特曼先生，你想找到龙崽的真正巢穴吗？你想找到它的父母吗？"

"当然！你们……"

"你现在还有力气吗？"

惠特曼一下坐起来："当然有力气！"

"那好，随我们走吧，我们全知道，这就为你揭开宝盖。"

惠特曼兴奋得像个孩子，欢呼着，手忙脚乱地背上他的全部行头。我们五个人，还有花脸，在山路上急行，一路上我们没说一句话，惠特曼也识趣地闭嘴不问，耐心地等待着揭宝的时刻。我们来到那个荒僻的山坳时，西天上已是半天红云。那座简陋的龙宫静静地卧在夜色中，透着肃穆和神秘。在惠特曼疑惑的目光中，我们走近大门，我拍了三下手掌，屋里的电灯唰的一下亮了，栅栏门洞开，蛟哥和曼姐含笑立在门口，龙崽和龙娃则偎在他们中间，用聪慧的目光安静地瞪着我们。

"请进吧，这就是龙崽和龙娃，这两位是它们的父母，这座房子是它们的龙宫。陈蛟博士和何曼博士会把全部情况一点不漏地告诉你，请吧。"

惠特曼欣喜地盯着龙姐弟，龙崽和龙娃小跑步迎上来，拽住了惠特曼的裤脚。而郭洪已经紧赶几步，哈哈大笑着用拳头捶陈蛟的肩窝。

三天后，惠特曼从美国向我家的电脑发来一封电子邮件，是他在《国家地理》杂志上将要发表的文章。蛟哥为我们翻译成中文。文章中说：

"……在中华民族一万年的文化中，处处浸透着龙的气息。龙的形成，反映了华夏各部族融合为汉族的过程。在中国历史上，以龙为图腾的朝代，有黄帝、炎帝、共工、祝融、尧、舜、禹，到商朝后，龙干脆成了帝王的象征，成了华夏文化和华夏民族的象征。

当然，龙在自然界中是不存在的，它只存在于传说中，存在于中国人的心目中。但今年五月份，位于中国腹地的潜龙山突然爆出一条惊人的消息：一条真正的龙在潜龙山黑龙潭出现了！一条真正的龙，而不是恐龙——虽然在中国语言中，恐龙和龙使用着同一个汉字。本杂志立即派了记者惠特曼先生赴潜龙山，经过认真考证，确认这条消息是完全真实的，它绝不是尼斯湖怪兽那样虚无缥缈的东西。本期杂志独家登载了这条龙的一组照片，拍摄者为惠特曼和中国潜龙山的一位男孩贾云龙。

至于这条龙崽是从何而来？它有父母吗？它的巢穴在哪里？记者惠特曼正在作深入采访，有关消息将随后披露……"

看了这篇文章，蛟哥笑着说："惠特曼狡猾狡猾的！他没有说一句谎话，但他最大限度地勾起了读者的好奇心，他很够朋友！履行了对咱们的诺言。"

下面还有他的一封短信，信中说他正在与几家从事生物工程的跨国公司接洽，为陈、何筹措研究基金。他说已有很大进展，相信一个月内就有肯定的回音。我们三个高兴地问："蛟哥，曼姐，这么说，你们的研究资金不发愁了！"他们俩笑着点点头。短信最后说：

"再次感谢英子姑娘送我的礼品。我想，在龙崽、龙娃的消息披露之后，它俩必将代替熊猫添添、香香，成为美国乃至全世界孩子的最爱。我估计，用龙家乡的青竹编成的工艺品龙娃娃，必将有很好的销路。请你们立即准备 20 万只竹编龙娃娃，价格初定为每只 5 美元，可否？请速回音。另外，我打算用 10 万美元买断这种玩具在全世界除中国之外的销售权，你们是否同意？"

蛟哥和曼姐奇怪地问："什么竹编龙娃娃？"英子羞涩地掏出两只竹编的龙崽，做工十分精细，细细的竹篾惟妙惟肖地扎出龙角、龙嘴、龙牙、龙爪。其中一条龙长着鹰爪，另一只长着豹爪。竹龙夸大了龙崽、龙娃的憨劲儿，圆头圆脑，憨厚可爱。英子说，这是我和贾大伯商量着创作的，惠特曼先生临走时送了他两只。陈蛟大睁着双眼喊道：

"哈，原来我们之中最有商业头脑的，是最不爱说话的英子呀！嗨，100 万美元的订单！这还不包括中国市场呢，我想在中国也能卖它 100 万只！"

我们围着英子欢呼起来，英子羞得连脖子都红了。忽然龙娃从人群中挤进去，立起身子，从英子手里叼走了那条竹编青龙，龙崽则叼走另一只。它们都知道竹编青龙就是自己的肖像，不过并没对肖像权提出什么意见，它俩把青龙摆在地上，非常珍爱地端详过来端详过去。我们在它俩后边笑成一片。

郭大哥在见到龙崽龙娃的第三天就走了，他请的是事假，不能在这儿多待。不过他说，他会在年底以前安排好休假，再来这儿，陪我们五位（当然包括龙崽和龙娃）痛痛快快玩上两个星期。蛟哥、曼姐带我们去为他送行，曼姐揶揄他：

"一个人回去啦？不把贩卖野生动物的罪犯带走啦？"

郭大哥威胁地朝她挥挥拳头，又同龙崽和龙娃告别，两姊弟很懂事地不住朝郭大哥点头，一直到公共汽车离开。

以下就该商量着给龙娃割狐臭了。我们三个团团围住龙娃为它打气，龙娃，不用害怕，这个手术很小的，甚至算不上手术，做起来一点都不疼。龙崽的口舌比较拙，不会劝说，但也用脖颈擦着龙娃的脖颈，算是行动上的鼓励吧。龙娃勇敢地说：

"我不怕。一点也不怕。"

"对，这才是好孩子呢。"

正在这时，电话响了，显示屏上显出 886-2-29262805。这是台湾的电话？黑蛋拿起听筒，听了两句，一本正经地对我说：

"找龙崽先生的。"他悲天悯人地摇头，"唉，当个名人你看多忙啊。"

　　我接过话筒，里边是一个急切的声音："是龙崽先生吗？是贾云龙先生吗？我姓黄，是郭洪所长的朋友。郭警官说，你们那儿确实有两条真龙，活龙，中国龙，是吗？"

　　"当然，这会儿它们正在我家呢，可惜我家不是可视电话，要不你就会看到了。"

　　"太好了，等我回大陆后我会马上去潜龙山，要亲眼看看它们。不过请你先把有关情况告诉我，好吗？郭警官说，你会把这事的根根梢梢全告诉我。"

　　龙崽和龙娃已经听出，电话中谈论的是它们，它们停止嬉闹，注意地倾听着。我清清嗓子说："可以的，黄先生，我已经听郭大哥介绍过你。现在，我就把有关龙崽、龙娃的所有情况全部告诉你……"